KB173882

# 명품 인생으로 사는 습관

# 명품 인생으로 사는 습관

● 이택희 지음

프롤로그

# 21세기 성공 전략, 최고가 되라

21세기는 지식 근로자의 시대이다. 세계적인 석학이자 경영컨설턴트인 피터 드러커 박사는 "지식 근로자란 자신을 끊임없이 성장시키고 관리하여, 변화하는 시대 상황에 맞게 발전시켜 나가는 개인"이고 "자기 자신의 개발에 대해, 그리고 자신이 한 일에 대해 책임을 져야 한다"라고 말하며 스스로 경험과 지식, 그리고 기술을 습득하지 않으면 지식 근로자가 될 수 없다고 단언한다.

또한 사람들은 21세기를 무한 경쟁시대라고 한다. 경쟁의 대상이 국내는 물론 세계의 기업과 조직, 개인이라는 이야기이다. 이러한 무한 경쟁의 시대를 살아가려면 어떤 분야든 최고가 되어야만 한다.

최근에 주목하지 않으면 안 될 현실이 있는데 그것은 빈부의 격차가 자꾸만 커진다는 것이다. 부자는 더욱 잘 살고 가난한 사람은 더욱 가난해져 가난에서 헤어나오기가 어렵다. 중간 계층의 사람들이 잘 사는 쪽으로 이동하기보다는 자신도 모르는 사이에 가난한 쪽으로 이동해 간다.

이러한 현실 속에서 살아남는 길은 '끊임없이 스스로를 개발하고 발전시켜 자신의 가치를 높여가는 것' 뿐이다.

이 책을 통하여 '확실한 꿈을 가지고 그 꿈을 실현하기 위해 노력하면 꿈은 반드시 이루어진다는 진리' 를 나누고 싶다. 또한 작은 것에 감사하고 행복해 할 줄 아는 지혜를 가질 수 있었으면 좋겠다. 소속된 기업이나 조직에 크게 기여하며 성공적인 직장생활을 하고자 하는 직장인, 미래를 향해 큰 꿈을 이루고자 노력하는 젊은이, 장래에 사업가가 되기를 희망하는 분들께 작은 용기를 줄 수 있는 책이 되었으면 하는 바람 간절하다.

이 책이 나오기까지 직 · 간접적으로 도움을 주신 분들이 너무 많다. 주위에서 함께 생활하고 대화를 나누는 분들이 그들이다. 쌍용정보통신(주)의 수많은 선배, 동료, 후배께 고마움을 전한다. 젊음을 바쳐 일하며 보람과 좌절을 함께 했던 이들이다. 특히 하드웨어 기술팀에서 함께 일했던 동료들은 나의 자랑이다. 스스로 찾아서 일하는 조직문화를 만들기 위해 노력하였는데 모두들 부단히 협력한 덕분에 우리가 목표로 하는 팀을 만들 수 있었다.

글에 쓰여진 사례들은 최근 3년 동안 필자와 만남을 가졌거나, 느꼈던 현상들을 기술한 것이다. 이 글로 인하여 특정 개인이나 조직의 역량을 폄하하는 일이 있었다면 그것은 필자의 뜻과 전혀 무관한 것임을 밝혀둔다.

이 책에 쓰여진 대로 매사를 긍정적으로 생각하고, 변화를 받아들이고, 일을 즐기고, 필요할 때 휴식을 취하는 일은 결코 어려운 것들이 아니다. 조금씩 노력하며 습관을 만들면 저절로 되어질 수 있는 것들이며, 무엇보다 자기 자신의 발전을 위해 꼭 필요한 일이기도 하다.

이택희

# CONTENTS

## 2부 진정한 창조는 모방에서 비롯된다

## 3부 미래는 꿈꾸는 자의 것이다

## 능력보다는 열정이 중요하다

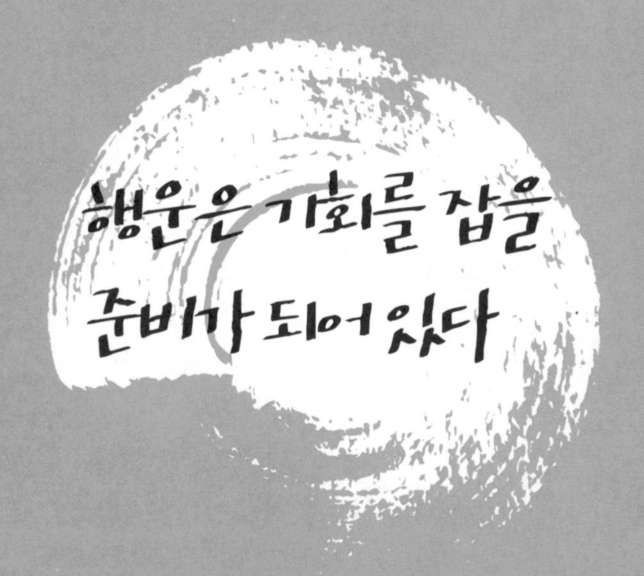


자신을 긍정적으로 바라보라

[
성공이 사람을 행복하게 만드는 것은 아니다.
성공하려면 그 일을 하는 사람이 먼저 행복해져야 한다.
행복한 사람이 성공할 수밖에 없는 것은 자양분을
충분히 빨아들인 식물이 좋은 열매를 맺는 것과 같은 이치다.
]

# 당신도 돈벼락을 맞을 수 있다

"나의 벼락 성공은 다른 벼락 성공들과 마찬가지로 20년 간의 준비를 거친 결과 얻은 열매다."
– 샘 월튼 Samuel Moore Walton

살면서 '억세게 운運 좋은 사람' 이야기를 한두 번쯤 듣게 된다. 간혹 내 주변에도 그런 사람들이 있다. 하는 일마다 잘 풀려 앞으로 넘어져도 코가 깨지기는커녕 돈이라도 한뭉치 줍고 일어날 것 같은 사람.

부동산 경기가 얼어붙었다고 하는 데도 몇 년 전 헐값에 사들인 땅값이 눈 튀어나오게 올라 단번에 뭉칫돈을 챙기고, 남들은 주식으로 쪽박을 찼다고 아우성인데 자기는 수십 배의 시세차익을 올리고, 다들 자기 책상 하나 지키는 것도 힘겨운 판국에 별 능력도 없어 보이는 사람이 억대 연봉에다 '스톡옵션'까지 챙겨 회사를 떠난다.

'억세게 운 좋은 사람'이란 이런 경우를 두고 하는 말이다. 경기가 갈수록 어려워진다는 소문에 동료들이 전전긍긍하고 있을 때 누구는 발빠르게 이 회사 저 회사 옮겨다니며 초고속 승진으로 주위를 놀라게 한다. 입사동기가 어느 날 갑자기 회사에 사표를 내더니 얼마 안 가 벤처기업을 차려 돈벼락을 맞았다는 이야기는 이제 새삼스러운 뉴스도 아니다.

이렇듯 매사에 운이 따르거나, 돈벼락의 임자가 되는 행운은 정말로 재수 좋은 사람에게만 해당되는 일일까? 단언하건대 그런 일은 결코 있을 수 없다. 만약 이 세상이 재수 좋은 사람만 성공하도록 되어 있다면 학교도 연구소도 필요없을 것이다. 주어진 사주팔자대로 살면 그만이지 공부는 해서 무엇에 쓰겠는가.

운이 좋은 사람은 평소에 운이 따르도록 행동을 한다. 운運때가 지나다니는 길목을 지키고 서 있다가 순간적으로 그것을 낚아채는 것이다. '행운은 계획의 부산물이다'라는 말이 있다. 행운이라고 불리는 경우의 99%는 그 당사자에게 공이 있다는 뜻이다.

돈벼락을 맞았다는 사람들의 행적을 잘 살펴보면 평소에 가만히 앉아 손 하나 까딱하지 않았던 사람은 거의 없다. 대개가 미리미리 돈벼락 맞을 준비를 해왔던 사람들이 마침내 운때를 만난 것이다.

수억 원짜리 복권에 당첨되어 주위의 부러움을 사는 사람은 최소한 평소에 복권을 열심히 사는 노력이라도 했다. 벤처로 떼돈을 번 사람도 온갖 위험부담을 무릅쓰고 회사를 차려 돈이 되는 아이디어를 짜내기 위해 자신의 모든 역량을 쏟아부었다. 주식투자로 몇 십 억을 번 사람도 과감한 투자가 있었기에 대박을 터뜨린 것이지 땡전 한푼 안 쓰고 떼돈 버는 사람은 깡패 아니면 사기꾼밖에 없다.

## 성공은 우연히 찾아오지 않는다

주식을 하려면 자금도 필요하지만 무엇보다도 중요한 건 경제 동향을 제대로 판단할 수 있는 안목이다. 그러자면 책도 여러 권 읽어야 하고, 자신이 투자하려는 기업과 관련된 정보를 신속 정확하게 입수하고 분석하는 노력이 뒤따라야 한다. 그런 다음 적절한 시기에 사고 파는 순발력까지 갖춰야만 한다. 이렇게 해서 이른바 투자의 '손맛'을 보기까지 본인은 얼마나 피 말리는 머리 싸움을 했을 것인가.

그런데 대부분의 사람들이 운만을 강조하는 이유는 행운의 당사자들이 평소에 운이 따르도록 행동한 부분에 대한 언급을 애써 하지 않았기 때문이다. 앞에서 언급한 주식투자로 돈 번 사람들의 경우에도 밤잠을 아껴가며 관련 책자를 읽고, 끊임없이 정보를 입수하고 분석했던 그 엄청난 노력에 관해서는 말하기를 꺼려한다. 마치 공부를 정말 잘하는 학생이 밤새워 시험공부를 한 다음날 학교에 가서는 전날 늘어지게 잠만 자서 이번 시험은 망치게 되었다며 내숭을 떠는 것처럼.

세상에 공짜로 얻어지는 건 한 가지도 없다. 행운의 여신은 가장 까다로운 기준으로 수혜자를 선정한다. 매년 봄 미국에서 열리는 '마스터즈' 골프 대회는 미국의 4대 메이저 대회 중 하나로 우승자에게는 거액의 상금과 함께 '그린자켓'이 주어진다. 흔히 실력 있는 프로골퍼들 사이에서도 '그린자켓은 하늘이 내려 준다'는 말이 있다. 대회가 벌어지는 조지아 주 오거스타 내셔널 골프장이 난공불락의 요새로 소문나 실력과 함께 운이 따라야만 그린자켓의 주인공이 될 수 있다는 뜻이다.

새 천년 첫 그린자켓의 주인공은 남태평양 '피지' 출신의 비제이 싱 선수였다. 작은 섬나라 출신인 그가 쟁쟁한 유럽의 강호들을 제치고 단번에 16억이나 되는 상금을 거머쥔 억세게 운 좋은 사나이가 된 것이다. 그러나 싱 선수 또한 평소에 운이 따르도록 준비를 했다.

언제나 연습을 많이 하기로 소문난 그는 경기가 잘 안 풀리는 날이면 대회가 다 끝난 후에도 두 시간이고 세 시간이고 플레이가 잘 안 되었던 클럽을 들고 집중적인 훈련에 들어갔다. 가령 그날 퍼팅 실력이 저조했다 싶으면 스스로 만족할 때까지 줄기차게 퍼팅 연습만 해대는 식이다. 그러니까 이날 마스터즈 대회에서 얻은 그린자켓은 그가 남들이 연습벌레라고 할 만큼 철저하게 자기와의 싸움을 한 끝에 얻은 당연한 결과물이었다.

행운을 창조하는 사람은 평소에 좋은 사람을 만나기 위해서도 노력한다. 매사에 적극적이고 긍정적인 사람, 늘 깨어 있으며 아이디어와 재치가 넘치는 사람, 언제나 미래지향적이고 가능성을 중시하는 사람, 자신만의 피나는 노력으로 자기 분야에서 크게 성공을 거둔 사람들과 교류하며 삶의 지혜를 얻는다.

또한 당장은 그 성과가 미미한 일일지라도 꾸준히 노력하며 미래를 대비한다. 주기적으로 건강진단을 받고, 매일 한 시간씩 영어공부를 한다거나, 많은 양은 아니더라도 장래성이 있다고 평가된 주식을 꾸준히 사 모은다. 갑자기 생기게 될 질병이나 사고에 미리 대비하고 예고 없이 다가올 기회를 잡을 준비를 하는 것이다.

"나의 벼락 성공은 다른 벼락 성공들과 마찬가지로 20년 간의 준비를 거친 결과 얻은 열매다."

전 세계적인 유통 체인망을 구축하고 있는 '월마트'의 창시자 샘 월튼 회장은 이런 말을 했다. 행운도 기회와 같은 것이다. 그것은 결코 우연히 찾아오지 않는다. 행운은 계획하고, 준비하고, 그리고 열심히 때를 기다리는 사람에게만 찾아오는 특별한 손님이다.

# 성공하려면 행복해져라

"자신이 하는 일을 재미없어 하는 사람치고 성공하는 사람 못 봤다."
- 데일 카네기 Dale Carnegie

내 친구 최점석은 자기 자랑이 대단한 친구다. 스스럼없이 '나는 지금 아주 행복하다'는 말을 입에 담는다. 그는 지방에서 대학을 졸업하고 곧바로 서울로 올라와 지금은 중소기업 규모의 정보시스템 관련업체 개발부장으로 일하고 있는 평범한 직장인이다.

특별히 남보다 잘 나가는 것도, 그렇다고 뒤처지는 것도 아닌 40대 중반의 나이, 얼핏 생각하기엔 별로 자랑할 것도 없어 보이는데도 그의 이야기를 듣다 보면 누구나 정말로 이 친구는 만족스러운 삶을 살아가고 있음을 느끼게 된다. 최 부장은 적어도 내가 알기엔 세상에서 가장 행복한 사람이다. 스스로 행복을 창조해 내는 흔치 않은 마음의 기술을 가졌기 때문이다.

그는 늘 이렇게 말한다. "나는 참 복이 많은 사람이다. 좋은 사람들이 주위에 있어 나를 도와준다. 내게 직접적으로 도움을 주기도 하고 나 스스로 그들의 삶을 바라보면서 인생의 교훈을 얻는다. 이만하면 복 받은 인생 아닌가?"

최점석 부장은 우리 삶에서 참으로 소중한 것이 무엇인지를 아는 사람이기에 본인 스스로 행복한 사람이라고 떠들고 다녀도 전혀 밉지가 않다. 그의 이야기를 귀 기울여 듣다 보면 정작 그가 자랑하고 싶어 하는 것은 그 자신 주변의 '좋은 사람들' 임을 금세 느낄 수 있다. 직장동료에서부터 부하직원, 심지어 남들은 회사 밖으로만 나오면 떠올리기도 싫어하는 직장상사 이야기도 그의 입을 통해 들으면 찜찜한 뒤끝이 전혀 없다.

작은 도움도 크게 받아들일 줄 아는 넉넉한 마음, 경쟁이나 대립관계가 아닌 더불어 살아가는 이웃으로서 동료들을 대하는 겸허한 마음, 경우에 따라서는 자신과 적대 관계에 있는 사람조차 내 편으로 만들 수 있는 열린 마음의 소유자, 그런 친구가 가까이 있다는 건 참 행복한 일이다.

가끔은 그런 친구의 모습이 신기할 때도 있다. 야근을 밥 먹듯이 하는 업무 특성상 육체적으로나 정신적으로 스트레스도 엄청날 텐데 그는 주말 내내 활기에 넘친다. 그렇듯 넘치는 에너지의 원천은 어디서부터 비롯된 것일까.

비밀은 매사에 낙천적이고 도무지 불화를 모르는 그의 성품이었다. 스스로 행복하다는 느낌은 힘든 가운데서도 보람을 얻게 해준다. 그는 스스로 행복하다는 느낌을 일상생활 곳곳에서 찾아내는 재주가 있는 사람이다.

최 부장네 식구들은 주말이면 온 가족이 함께 인근의 냇가로 나가 물고기를 잡으며 해맑은 웃음으로 하루를 보내기도 하고, 한때 테니스 선수였던 아내를 선생님으로 모시고 온 가족이 테니스를 배운다. 최 부장의 꿈은 현재 초등학생인 아이들이 좀더 자라면 가족 테니스 대회를 열어보는 것이다. 그 소박한 꿈으로 가족들을 지키고 하루하루를 열심히 살아가는 그에게 스트레스란 남의 일이 될 수밖에 없다.

일본의 한 벤처기업 사장인 호리바 마사오 씨는 직원들에게 늘 '재미있고 즐겁게' 일할 수 있는 마음가짐을 갖도록 권한다. 그는 자신이 하는 일이 재미있고 즐겁지 않으면 차라리 회사를 떠나라고 권하는 게 그들을 돕는 길이라고 말한다. 지금 몸담고 있는 회사 일이 즐겁지 않다면 자신이 가장 좋아하고 잘 할 수 있는 일을 찾아가는 게 서로를 위해서 현명한 선택이라는 것이다.

성공이 사람을 행복하게 만드는 것은 아니다. 성공하려면 그 일을 하는 사람이 먼저 행복해져야 한다. 행복한 사람이 성공할 수밖에 없는 것은 자양분을 충분히 빨아들인 식물이 좋은 열매를 맺는 것과 같은 이치다.

## 하고 있는 일을 즐겨라

모든 성공이 행복을 가져다 준다는 생각은 착각에 불과하다. 많이 가지면 행복할 것 같지만 가지면 가질수록 더 가지고 싶은 것이 인간의 본성이다. 소유가 궁극적인 행복을 보장해 줄 수는 없다. 행복은 현재 당신이 가진 것에서부터 시작되어야 한다.

자연을, 사물을 있는 그대로 보고 아름다움을 느낄 때 당신은 행복한 사람이다. 어느 날 문득 당신 자신이 살아 움직이고 있다는 그 당연한 사실이 벅찬 감격으로 다가올 때가 있을 것이다. 만약 그때의 감동을 평생 간직할 수만 있다면 당신은 진정한 삶의 승리자가 될 수 있다.

햇빛에 가득한 하루는 행복하기에 충분하다. 햇빛이 금빛으로 사치스럽게 그러나 숭고하게 쏟아지는 길을 걷는다는 일, 살고 있다는 사실 그것만으로 나는 행복하다. 괴로워하는 일 죽는 일도 다 인생에 의해서 자비롭게 특대를 받고 있는 우선권자들만이 누릴 수 있는 사치스러운 무엇일 것 같다. 꽃에 충족한 환희를 맛보고 살아 나간다. 하루하루가 마치 보너스처럼 고맙게 느껴진다. 또 하루를 무사히 살아 넘겼구나 하고 잠들기 전에 생각할 때 몹시 감사하고 싶은 마음이 우러난다. 그리고 나는 행복하다.

– 전혜린, 《그리고 아무 말도 하지 않았다》 중에서

성공은 행복을 가져다주지 못하지만 행복을 느끼며 일하는 사람은 반드시 성공하게 되어 있다. 불과 10대 후반이나 20대 초중반의 나이에 테헤란 밸리의 신화를 일궈낸 우리의 젊은이들을 생각해 보라.

최근 들어 일부 벤처산업과 연관된 좋지 않은 뉴스들이 있었던 것만은 사실이지만 어디까지나 그건 일부에 국한된 사실일 뿐, 테헤란 밸리의 신화는 여전히 계속되리라 믿는다.

어쨌든 국내 대기업이 이삼십 년 걸려 이룩한 성과를 하루아침에 거머쥔 그들의 가장 강력한 힘의 원천은 일에 대한 '신바람' 이었다.

그들은 어린아이들이 힘든 줄도 모르고 배고픔도 잊은 채 놀이에 열중하듯 자신의 프로젝트에 매달려 성공이라는 알찬 열매를 맺었다. 자신의 성공을 확신하고 앞날에 대한 기대감으로 부풀어 있으니 당장은 어려워도 신바람이 날 수밖에 없다. 투자자들은 아직 가진 것이라곤 일에 대한 열정과 패기뿐인 그들에게 기꺼이 거액을 배팅한다. 그들의 미래가치에 투자를 하는 것이다.

당신 자신에게 물어보라. 지금 하는 일이 자신에게 맞는 일인가, 진정으로 자신이 원하는 일인가, 일을 통한 성취감은 과연 어느 정도인가.

아무리 열심히 일해도 당신의 심신은 늘 지쳐 있거나 그 일의 성공이 당신을 행복하게 해주지 못한다면 보수가 아무리 높다고 해도 당신은 길을 잘못 들어선 것이다. 언젠가는 일에 질려 그만둘 수밖에 없는 상황이 올 것이다. 그때는 모든 걸 원점에서 다시 시작해야 된다. 그러니 지금 당장 결정하라. 당신 스스로 현실에 만족하며 행복을 찾아내든지 아니면 지금이라도 늦지 않았으니 미련없이 보따리를 싸는 것이다.

좀더 늦으면 더 이상 당신이 행복해질 일도, 성공할 기회도 영영 없어질지도 모른다.

# 인생은 선택이다

"다른 사람의 선택을 대신해 줄 수 없듯이 다른 사람이 당신 대신 선택하게 해서는 안 된다."
- 콜린 파월 Colin Luther Powell

인생은 선택이다. 작게는 카페테리아에서 음식을 주문하는 것부터 주어진 시간에 컴퓨터 게임을 할 것인가 책을 읽을 것인가 하는 선택, 어떤 직업을 가질 것인가에 대한 선택, 어떤 사람들과 교류하고 어떤 배우자를 택할 것인가에 이르기까지 우리 인생은 매순간 선택의 연장선상에 있다.

우리는 항상 무엇인가를 선택해야 하며 그것은 우리의 인생에서 가장 중요한 행복, 건강, 평화, 안정을 결정짓는 기초가 된다.

바른 선택은 우리들 스스로가 해야 한다. 무엇을 선택하고, 무엇을 거절해야 할지는 어디까지나 스스로에게 달려 있는 것이다.

시간을 어떻게 쓸 것인지에 대한 선택도 대단히 중요하다. 젊은 시절 엉뚱한 데 정신이 팔려 시간을 유용하게 쓰지 못하면 평생 어려운 삶을 살아야 한다. 경제적으로나 사회적으로 넉넉한 삶을 누릴 수가 없게 된 사람들은 과거 자신이 가난해질 수밖에 없는 삶을 선택했기 때문이다.

친구를 사귀는 것도 선택이다. 어떤 친구와 사귀고 어떤 분위기에서 시간을 보내느냐가 그 사람의 인생에 큰 영향을 미치기 때문이다. 적극적이고 건전한 사고를 하는 친구들과 사귀면 나 역시 적극적이고 건전한 사고방식을 가진 사람이 되기 쉽다.

자기 계발에 열심이고 부지런한 친구를 사귀게 되면 나 역시 그런 삶을 살게 될 것이다. 하지만 엉뚱한 곳에 신경을 쓰고 옳지 못한 곳에 시간을 쓰는 친구와 사귀면 나 역시 그렇게 되기가 쉽다. 인간이란 타인에 동화되기 쉬운 습성을 지녔기 때문이다. 우리가 어릴 때부터 귀에 못이 박히도록 들어온 '친구를 잘 사귀어야 한다' 는 부모님들의 말은 아마도 자신들의 경험에서 우러나온 말인지도 모른다. 세상이 아무리 바뀌어도 '친구 따라 강남 간다' 는 속담은 아직 유효하다.

좋은 습관을 갖느냐 나쁜 습관을 갖느냐는 것도 당신 자신의 선택에 의해 좌우된다. 아침에 늦잠을 자고 싶지 않은 사람은 없다.

하지만 늦잠을 잘 것이냐 일찍 일어나 하루 일과를 먼저 준비할 것이냐 하는 선택의 순간에 누군가는 과감히 이불을 박차고 일어난다.

## 직관력을 키워라

순간의 선택이 평생을 좌우한다고 했다. 계획한 일들을 반복해서 실천하면 그것이 습관이 되어 스스로를 발전시킨다. 몸에 나쁜 담배를 피울 것이냐 말 것이냐, 매일 술 마시는 습관을 버릴 것이냐 말 것이냐 하는 이 모든 것들이 나 자신의 선택에 의해 결정된다.

최근 우리 사회에도 마약에 손을 대는 사람이 늘어가고 있다고 한다. 한 순간의 쾌락을 위해 말 그대로 패가망신하는 사례들이 잊을 만하면 매스컴을 요란하게 장식하는 세상이다. 이런 경우 심심찮게 들리는 변명이 대부분 누군가의 '꾐에 빠져' 혹은 '단순한 호기심'에서 그런 일을 저질렀다는 말이다. 누군가의 꾐에 빠지는 것도 자기가 선택한 일이고, 단순한 호기심을 떨쳐내지 못한 것도 스스로를 멸망의 지름길로 이끈 본인의 선택이다.

유혹에 약한 것이 인간이라지만 사실 우리 모두는 자신의 선택이 어떤 결과를 몰고 올 것인지를 알면서도 한순간에 덜컥 '안 된다' 고 하는 이성의 끈을 놓아 버리는 우를 범하기도 한다.

이럴 때 그를 파멸의 구렁텅이로 몰아넣는 악마의 외침은 '딱 한 번만' 이라는 위험한 단서를 달고 있다. '어때? 이번 딱 한 번뿐인데' 순간적으로 이런 유혹에 휘둘리게 되면 한 번이 두 번이 되고 열 번, 스무 번, 심지어 평생으로 이어지는 선택의 악순환이 그 인생을 지배하게 되는 것이다.

심지어는 본인 스스로도 그런 악순환의 고리를 잘라내지 못하고 차라리 자신의 목숨을 끊어 버리는 극단적인 선택을 하기도 한다. 이미 올바른 선택의 기회를 수없이 놓쳐 버린 다음의 가장 어리석은 선택의 결과다.

좋지 않은 습관이 있다면 '딱 한 번만' 그것을 물리치는 연습을 해보자. 담배를 피우고 싶을 때마다 딱 한 번만, 일하기 싫을 때마다 딱 한 번만, 만사 다 팽개치고 술이나 진탕 마시고 싶을 때마다 딱 한 번만 그것을 참아보는 연습을 해보자는 것이다.

이렇게 한 번 두 번 연습을 쌓아가다 보면 자기도 모르게 바른 선택을 할 수 있는 훈련에 익숙해진다. 바른 선택은 바른 보상을 남긴다. 후회 없는 삶을 살아가기 위해선 무엇보다도 매순간 바른 선택을 하는 훈련을 체질화시키는 것이 중요하다.

# 습관이 운명을 만든다

"그간 우리에게 가장 큰 피해를 끼친 말은 바로 '지금껏 항상 그렇게 해왔어' 라는 말이다."
– 그레이스 호퍼 Grace Hopper

습관은 당신의 가장 훌륭한 조력자일 뿐 아니라 동시에 가장 무거운 짐이 될 수도 있다. 당신의 모든 행동, 마음가짐, 태도는 습관에 의한 것이다. 아침에 일찍 일어나는 습관, 건전한 삶의 방식, 책 읽는 습관, 저축하는 습관, 시간을 소중히 여기는 습관, 이러한 습관들은 당신을 성공의 길로 인도할 것이다.

어떤 습관은 당신을 파멸로 이끄는 지름길이 되기에 충분하다. 습관은 한번 만들어지면 평생을 그림자처럼 따라다닌다. 당신 자신이 습관을 만들었지만 이렇게 만들어진 습관은 당신 자신을 길들이는 무서운 위력을 갖고 있다. 당신의 운명을 지배하는 힘 또한 당신의 본성이 아닌 습관에 의해 좌우되는 것이다.

그러므로 좋은 습관을 기르는 것은 성공을 위한 가장 확실한 투자라고 할 수 있다. 먼저 긍정적으로 말하는 습관을 길러야 한다. 말이 변하면 생각도 변한다. 당신 자신에게 열정적으로 말하라.

"나는 이 세상의 중심이다!"

"나는 마음먹은 대로 뭐든 할 수 있는 능력을 지녔다!"

자신의 마음으로부터 터져나오는 정열의 외침을 제대로 듣는 자만이 승리의 월계관을 쓸 자격이 있다. 지금 당장은 그러한 외침이 공허하게 들릴 수도 있다. 그렇더라도 자꾸 되풀이해서 말하고, 또 그렇게 되리라는 신념을 키워보도록 하라.

당신의 마음이 소리치는 것은 신성한 주문과도 같다. 당신은 자꾸 그렇게 외침으로써 희망이라는 습관을 마음속에 들이는 것이다. 생각이 행동을 지배한다. 할 수 있다는 생각은 스스로 할 수 있게 만들고, 할 수 없다는 생각은 스스로를 옭아매는 굴레가 된다.

습관은 위대한 사람들의 하인이며 실패한 모든 이들의 주인이기도 하다. 당신의 성공에 보탬이 되는 습관과 당신의 실패를 부추기는 습관이 있다. 당신은 어떤 습관에 길들여졌는가? 당신은 스스로 그 답을 알고 있다.

## 좋은 습관을 만들어라

결정적인 상황이 닥칠 때마다 고개를 쳐들어 당신을 어렵게 만드는 그 못된 친구의 정체는 게으름, 나태, 무기력 또는 너무 쉽게 남을 믿거나 의심하는 경솔하고 부정적인 사고방식, 쾌락에 흔들리기 쉬운 습성 등, 여러 가지 이름을 가진 나쁜 습관이다.

당신이 그 실체를 알면서도 좀처럼 당신의 앞길을 가로막는 억센 굴레를 벗어날 수 없는 까닭은 어느 틈에 그 못된 친구가 당신의 주인처럼 행세하고 있기 때문이다. 그렇게 길들여진 당신은 실패가 습관화된 사람이다.

당신은 일이 잘 안 풀리면 으레 그러려니 하는 사람이다. 애초부터 성공을 믿지 않았으니까 크게 노력할 마음도 없었다. 실패가 버릇이 된 사람은 일이 잘 풀려도 자신의 능력을 믿지 않는다. 잘된 일은 '어쩌다 그렇게 된 것뿐' 이라고 생각한다. 살아오면서 너무나 실패에 익숙해졌기 때문이다.

반대로 당신이 만약 성공하는 습관이 몸에 밴 사람이었다면 실패야말로 우연한 사고에 불과하다고 믿게 된다. 작은 성공이라도 값진 기쁨으로 받아들이고 그 기쁨을 생활의 활력소로 키워갈 수 있는 사람은 결코 하찮은 실패로 인해 좌절하지 않는다. 그는 이미 성공의 경험자가 되었기 때문이다. 당장은 눈앞의 손실이 크더라도 다음번에는 꼭 성공하리라 믿는 마음이 있기 때문에 실망은 하더라도 포기하는 법이 없다.

성공도 실패도 똑같은 인생의 경험이다. 단지 그 경험을 받아들이는 마음의 습관에 따라서 인생의 성패가 갈라지는 것이다. 매사를 비관적으로 생각하는 사람은 결국은 실패할 수밖에 없다. 어떤 일이든 끝까지 자기 힘으로 해낸다는 건 인생의 질을 높여주는 대단히 중요한 경험이다.

어느 한 분야에 악착같이 매달려 성공을 해본 사람은 다른 분야에 도전해도 성공할 가능성이 매우 높다. 밀워키 YMCA에 가면 다음과 같은 글귀가 적혀 있다.

"당신의 사고를 관찰하라. 그러면 그것은 말로 변할 것이다. 당신의 말을 관찰하라. 그러면 그것은 행동으로 변할 것이다. 당신의 행동을 관찰하라. 그러면 그것은 습관으로 변할 것이다. 당신의 습관을 관찰하라. 그러면 그것은 개성으로 변화될 것이다. 당신의 개성을 관찰하라. 그러면 그것은 당신의 운명이 될 것이다."

# 가능한 자주 현재를 점검하라

"나약하고 게으르며 목적도 없는 사람들에게는 행복한 일이 결코 일어날 수 없다. 행운은 아무 의미도 발견할 수 없기에 그들 곁을 지나가 버린다."
- 새뮤얼 스마일스 Samuel Smiles

후회 없는 인생을 살아가기 위한 첫 번째 원칙은 거울을 자주 보는 것이다. 마음의 거울을 통해서 오늘 이 순간 당신의 모습을 되돌아보라. 당신이 거울을 보는 방법에 따라서 오늘보다 나은 내일을 창조해 낼 수도 있고, 어제보다 못한 오늘의 모습으로 평생을 살아갈 수도 있다.

성공한 사람들의 가장 큰 장점은 자기 관리가 철저하다는 것이다. 자기 관리란, 최대한 공정한 시선으로 거울에 비친 자기 자신을 점검하는 것이다. 여자들이 거울을 보며 꼼꼼하게 화장을 고치는 것처럼 지금 이 순간 당신의 태도를, 마음가짐을 다시 한번 돌아보라. 어쩌면 백 번 생각해도 옳은 선택이 있을 수도 있다. 물론 그 반대의 경우도 있다. 만약 당신이 거울을 제대로 볼 줄 아는 능력을 갖고 있다면 당신의 앞날은 충분히 보장되어 있다.

'거울도 안 보는 여자' 는 원래 미인이거나 예뻐질 가능성이 전혀 없거나, 둘 중 하나다. 거울이라는 것은 자신의 결점이나 단점을 보완하기 위해 쓰여질 때 가장 유용한 도구가 된다. 백설공주에 나오는 마녀처럼 자기 도취를 위해서만 거울을 보는 사람은 오히려 자신을 해치는 도구로서 거울을 보는 것이다. 한번을 보더라도 제대로 볼 수 있어야 한다. 적어도 자신의 결함이 무엇인지를 파악하고 있는 사람은 문제의 절반을 해결한 것이나 다름없다. 문제 해결의 결정적 열쇠는 당신이 갖고 있다. 당신은 스스로 거울을 보고 찾아낸 문제점을 당신의 손과 발을 움직여서 거뜬하게 해결할 만한 힘이 있다.

더 큰 성공을 원한다면 되도록 자주, 열심히 거울을 들여다보라. 여자가 거울을 자주 본다는 것은 그만큼 자신의 외모에 관심이 있기 때문이다. 그렇게 관심을 쏟다 보면 자연 얼굴이나 몸매를 가꾸는 일에 노력을 기울이게 된다. 관심이 없다면 아예 거울을 볼 필요조차 느끼지 못하는 법이다. 고로 거울을 자주 보는 여자는 예뻐질 수밖에 없다는 결론이 나온다. 어떤 사람은 유난히

화초를 잘 키우기로 정평이 나 있다. 죽어가는 난蘭 이라도 그 사람의 손에 맡겨지면 기적처럼 다시 살아난다. 하지만 다른 어떤 사람에게 맡겨지면 멀쩡하던 화초도 얼마 못 가 말라죽고 만다.

까다로운 화초를 잘 키우려면 특별한 노하우가 필요하겠지만 무엇보다 중요한 것은 관심을 갖는 일이다. 화초를 키우는 사람이 얼마나 마음을 기울여 돌보고 가꾸어 주느냐에 따라 잘 자라고 못 자라고가 결정되는 것이다. 자기 자신에 대해서는 더더욱 말할 것도 없다. 자기 자신을 가꾸는 일을 까다로운 화초 키우듯 해보라. 아무리 어려운 일도 마음을 쏟아 열정적으로 노력하다 보면 끝내 이루지 못할 것이 없다. 자기 관리란 이렇듯 끊임없이 스스로를 살피고 돌아보며 장점을 확대시키고 결점을 보완해 가는 과정이다.

## 끊임없이 자신을 단련시켜라

진정한 리더는 자기 자신을 컨트롤하는 재주가 뛰어난 사람이다. 자신의 욕망을 제대로 관리하지 못하는 사람은 절대로 남을 리드할 수 없다. 작은 욕심은 큰 성공의 걸림돌이다. 당신의 성장에 거름이 될 만한 지식이나 경험이 아니라면 단 1초의 시간도 허비하지 않는 시간의 구두쇠 노릇도 필요할 때가 있다. 그렇다고 단순한 일벌레가 되라는 건 아니다.

자기 관리에는 모든 일상생활이 포함된다. 일을 열심히 한답시고 자신의 건강을 돌보지 않는 사람은 어느 한 부분에 있어서만큼은 일찌감치 실패를 떠안고 가는 사람이다. 그는 다만 자신의 현재적 욕망에 충실한 일용 노동자와 같다. 그런 사람에게는 미래가 없다. 진짜 프로는 일과 휴식의 경계를 구분할 줄 안다. 중요한 건 어떤 상황에서건 당신 자신을 스스로 아끼고 보살필 줄 아는 마음가짐을 잃지 않는 것이다. 일은 당신의 만족을 위해서 열심히 하는 것이어야 한다. 절대로 남의 인정을 받기 위해서나, 혹은 돈이 목적이 되어서는 당신의 능력을 백 퍼센트 발휘할 수가 없다.

일의 결과에만 악착같이 매달리려 하지 말고 내가 하는 일의 과정에 대해서 먼저 관심과 애착을 가져보라. 일에 애착을 갖는 사람은 일하는 태도부터가 다르다. 마치 퍼즐게임을 즐기듯이 일을 재미있고 신나게 해치운다. 그런 사람은 스스로 그 일의 주인이 된다. 주어진 일을 끝까지 해내면서도 자기 자신이 그 일의 감독관이기 때문에 빈틈이 있을 수 없다. 누가 시키거나 시키지 않거나, 누가 보거나 보지 않아도 어차피 자기가 해야 할 일이라면 남들보다 잘 하려고 노력한다. 그런 사람이 하는 일의 성과가 좋은 것은 당연한 귀결이다.

내가 하는 일에 애착이 있는 사람은 왜 내가 그 일을 해야 하며 그 일의 결과가 내가 속한 조직에 혹은 내 개인에게 어떤 영향을 끼치는지 정확히 알고 있다. 그는 결코 연봉 얼마짜리의 계약 노동자 마인드로는 얻어내기 힘든 성과를 올리는 사람이다.

회사생활을 하다 보면 사내 기물을 마치 내 집 물건인 양 애지중지 관리하고 주변을 청결하게 정리하는 사람이 있다. 이런 사람에게는 어떤 일을 맡겨도 안심이다. 그는 이미 그 회사의 주인으로서 임하고 있기 때문이다. 조직의 이익을 위해서라면 아무리 사소한 일이라도 건성건성 마지못해 하는 것이 아니라 열정적으로 자신의 공력을 기울일 줄 아는 사람, 그렇게 훈련된 사람은 개인적으로 회사를 운영하더라도 실패할 가능성이 거의 없다. 스스로 삶의 주인공이 될 수 있는 사람, 오늘날 현대사회가 원하는 올바른 리더란 바로 그런 사람이다.

고대 그리스의 과학자 아르키메데스는 벌거벗은 몸으로 목욕탕에서 뛰쳐나와 '유레카Eureka, 알았어!'를 외치며 거리를 질주했다. 그는 새로 만든 왕관에 순금이 아닌 은이 섞여 있는지 조사해 달라는 왕의 요청으로 며칠 골머리를 앓던 중이었다.

아르키메데스는 당대 최고의 물리학자였지만 그가 발견한, '아르키메데스의 원리'로 통하는 부력의 원리를 깨우치고 난 뒤에 내뱉은 유레카는 그저 목욕탕에서 우연히 얻어진 결과가 아니었다. 그는 자신에게 주어진 과제를 해결하기 위해 자신의 모든 능력을 총동원해서 연구에 연구를 거듭했다. 그 까마득한 시대에 무슨 수로 이미 만들어진 왕관의 금 함유량을 밝혀내겠는가. 왕관 만들라고 준 금을 표시나지 않게 빼돌리고 대신 그만큼을 은으로 충당했던 세공 기술자는 속으로 회심의 미소를 짓고 있었을 터였다. 하지만 그는 결국 과학에 미친 노인의 열정에 된서리를 맞고 말았다.

아무리 천재라고 해도 풀기 어려운 문제를 두고 아르키메데스는 밤이나 낮이나, 앉으나 서나 한 가지 생각뿐이었다. 어떻게 하면 왕관에 순금이 아닌 다른 이물질이 섞여 있는지 알아낼 수 있을까. 그러다 하루는 공중목욕탕엘 갔다. 커다란 욕조에 몸을 담그자 물이 넘쳤다. 물이 넘치는 것을 보며 골똘히 생각에 잠겨 있었을 아르키메데스의 표정을 상상해 보라. 이윽고 그가 욕조에서 벌떡 일어서며 '유레카, 유레카'라고 외치며 거리로 뛰쳐나갈 때의 환희에 찬 모습이 눈에 선하다. 얼마나 연구에 골몰했으면 자신이 벗고 있다는 사실조차 잊어버렸을까.

아르키메데스는 어떤 물체가 액체에 잠기면 그 물체의 무게는 그것이 밀어낸 액체의 무게와 똑같은 힘으로 떠오른다는 것을 깨달았다. 그는 저울의 한쪽 접시 위에는 왕관을 놓고 또 다른 접시 위에는 똑같은 무게의 금을 얹어놓은 다음 이것을 그대로 물 속으로 집어 넣었다. 그러자 왕관을 담은 접시가 위로 떠올랐다. 이것은 왕관 속에 금보다 밀도가 작은 다른 물질이 들어 있다는 반증이었다.

만일 아르키메데스가 매사를 건성으로 해치우는 성격이었다면 부력의 원리를 발견하지도 못했을 것이고 '유레카' 라는 말이 전 세계 사람들에게 알려지지도 않았을 것이다. '유레카' 는 그냥 나온 '유레카' 가 아니다. 그것은 한 과학자의 애착어린 관심사로부터 비롯된 감동의 외침이었다.

욕조에 사람이 들어가면 물이 넘치는 걸 본 사람은 아르키메데스 이전에도 있었다. 아르키메데스 자신도 그런 광경은 수도 없이 목격했을 터였다. 평소엔 무심코 보아넘기던 장면 앞에서 '어?' 하는 호기심을 품은 순간, 아울러 그 의문을 자신의 일과 관련지어 생각의 골을 깊이 해본 바로 그 순간 아르키메데스는 이미 온 우주를 향해, 자신의 삶을 향해 환희에 찬 '유레카' 를 외칠 준비가 되어 있었던 것이다.

'유레카' 는 끈기와 열정의 산물이다. 아무리 어려운 문제도 진지하게 생각하다 보면 의외로 간단한 데서 답이 나오는 경우가 있다. 나와 함께 일하는 김주백 팀장은 어느 날 새벽 세 시에 자다가 벌떡 일어났는데 너무나도 이상한 꿈 때문이었다고 한다. 공교롭게도 그 무렵 한창 신경쓰고 있던 일이 꿈에 나타나더라는 것이다. 다음날 아침 회사에 출근하자마자 서류철을 확인해 본 그는 꿈속에서 본 서류의 오류를 발견할 수 있었다. '궁하면 통한다' 는 말이 있다. 관심을 많이 가지면 그만큼 일의 결과도 좋아지는 법이다.

생각하라, 그리고 자주 되돌아보라. 당신의 성공을 그리는 마음으로 몇 번이고 당신의 현재를 거듭해서 점검하라. 이제 당신은 스스로 성공의 관리자가 되는 것이다.

# 지금 가진 것을 사랑하라

"낙천은 사람을 성공으로 이끄는 신앙이다."
- 헬렌 켈러 Helen Keller

1962년, 프랑스에서 한 아기가 태어났다. 여느 아이들과 똑같이 예쁘고 천진한 눈망울을 가진 아이였다. 그러나 불행하게도 아이는 아홉 살이 되던 해 성장이 멈춰 버리는 특이한 병에 걸려 평생 장애자로 살 수밖에 없게 되었다. 대부분 이런 종류의 불행 앞에서 의지가 약한 사람은 자포자기하여 신세한탄만 하며 살기가 쉽다. 심한 경우 스스로 목숨을 끊는 사람도 있다.

그러나 이 아이는 결코 포기하지 않았다. "최고가 되든지 아니면 죽어 버려라"는 아버지의 매서운 독려에 네 살부터 배우기 시작한 피아노를 하루에 10시간씩 죽을 각오로 연습해야 했다.

아이는 9살 이후로 더 이상 키가 자라지 않았고 손발도 그대로였다. 아무리 열심히 연습을 해도 피아노의 페달에 발이 닿지 않으니 미래의 피아니스트로선 치명적인 역경에 봉착한 것이었다. 아이는 이에 굴하지 않고 더욱 연습에 매달렸다. 연습 도중 지쳐서 자리를 뜨게 될까봐 스스로 자신의 몸을 피아노 의자에 묶고 꼬박 하루 열 시간 이상 건반을 두들겼다.

이렇듯 눈물겨운 노력 끝에 아이는 16세가 되던 해 자신이 리드하는 재즈 트리오를 결성하고 음반도 만들었다. 이후 수많은 연주회와 레코드를 통해 아이의 이름은 유럽은 물론 전 세계에 알려졌다. 가장 열악한 환경에서 가장 빛나는 성공을 거둔 것이었다.

안타깝게도 이 피아니스트는 1999년 1월 7일, 37세의 나이로 생을 마감하게 되었다. 그를 아꼈던 사람들이 한 위대한 피아니스트의 죽음을 애도하며 꽃다발을 바쳤다. 자크시락 프랑스 대통령도 장례식에 참석하여 재즈 피아노계의 작은 거인, 자랑스런 프랑스인이 젊은 나이에 세상을 떠났음을 안타까워했다. 이 피아니스트의 이름은 '미셸 페트루치아니.' 그는 신체의 장애란 단지 불편함에 불과할 뿐이라는 사실을 온몸으로 보여준 위대한 예술가였다. 그와 같이 불굴의 생명력으로 자신의 운명을 개척해 나갔던 예술가들은 얼마든지 있다. 앞을 보지 못하는 이탈리아의 성악가 '안드레아 보첼리', 소아마비로 휠체어에 앉아 연주를 하는 바이올리니스트 '이작 펄만', 역시 소아마비의 장애를 딛고 일어선 한국의 성악가 '최승원' 등이 그들이다.

그들이 스스로 장애를 극복하고 보통의 신체 건강한 사람들이 꿈도 꾸지 못할 성취를 일궈낼 수 있었던 비결은 과연 무엇이었을까? 헬렌 켈러는 이렇게 말한다.

"인생은 모험을 하든가 아니면 포기하든가 둘 중 하나다. 새로운 변화에 얼굴을 쳐들고 과감히 도전하여 운명에 맞서 자유롭게 대항하면 누구도 막을 수 없다."

어려운 상황일수록 자신에게 주어진 삶을 사랑하고 끝끝내 희망을 포기하지 않는 가열찬 의지만 있다면 언젠가는 반드시 그 보답을 얻기 마련이다. 늙거나 어리거나 병들거나 건강하거나, 부유하거나 가난하거나 세상은 분명 살 만한 곳이다.

## 자신을 소중히 여겨라

한때 일본에서는 〈뷰티풀 라이프〉라는 TV드라마가 선풍적인 인기를 얻은 바 있다. 이 드라마의 주인공 '교코'는 하반신 마비로 휠체어를 타고 시한부 인생을 살아가는 20대 여성이다.

그녀에게는 항상 곁을 지켜주는 자상한 연인이 있었지만 아무리 뜨거운 사랑도 죽음의 벽까지 뛰어넘게 만들 수는 없었다. 교코는 그 죽음을 의연하게 받아들인다. 예정된 죽음의 시간이 다가올수록 그녀는 오히려 담담해진다. 죽기 직전 교코는 더없이 편안한 표정으로 이렇게 말한다.

"모든 것이 새롭고 소중해 보여. 선들선들한 봄바람도, 따스한 햇빛도, 푸른 나뭇잎까지도, 이 세상을 떠나면 더 이상 볼 수 없는 것들이잖아. 비록 오래 살진 못했지만 내 인생은 특별해."

이 '특별하다'는 한마디로 그녀는 젊은 나이에 세상을 떠나야만 하는 억울함이나 분노 따위를 '간단히' 날려 버렸다. 길든 짧든 스스로를 사랑하고, 또 사랑하려고 애쓰는 그 마음이 장애자로서 평생을 살아야만 했던 아픔조차 이승에서의 아름다운 추억으로 승화시켰다.

그렇다. 삶 그 자체는 분명 축복이다. 살아 있다는 것만으로도 할 수 있는 게 너무나 많지 않은가. 수년 전 종양에 걸려 몇 달간 병원 신세를 져야 했던 친구가 있다. 예기치 않은 병마 때문에 생과 사의 갈림길을 넘나들어야 했던 친구는 그 무렵 하나의 소중한 깨달음을 얻었다고 한다. 하루하루 살아 있다는 것이 그렇게 가슴

벅차고 고마울 수가 없더라는 것이다.

그런 생각을 하다 보니 모든 게 새삼스레 고맙고 또 고맙게 느껴지기 시작했다. 어려운 일이건 쉬운 일이건 일이 있다는 것 자체가 고맙고, 먹여 살릴 가족이 있다는 게 고맙고, 가끔 안부 전화를 해오는 친구들이 있다는 게 고맙고, 아무튼 매사가 고마운 일 투성이였다는 그는 이때부터 자기 발전을 위해 노력을 아끼지 않았다. 아직 병이 다 나은 건 아니었지만 건강관리에도 신경을 쓰면서 정보통신업계에서 가질 수 있는 최고의 자격증인 '정보처리기술사' 자격증도 땄다. 현재 이름만 대면 알 만한 회사의 부장으로 일하고 있는 그는 중견기업의 임원으로 와 달라는 스카우트 제의를 받았다며 즐거운 비명을 지르기도 했다. 물론 그의 건강은 완전히 회복된 상태이다.

얼마 전에는 사랑하는 아내와 두 딸을 데리고 거금 천만 원을 들여 유럽여행을 다녀왔다고 한다. 경제적으로 아주 넉넉하지도, 그렇다고 아주 빈궁하지도 않은 환경이었지만 평소 건강할 때라면 여행 한번에 천만 원을 들이기란 결코 쉬운 선택이 아니었다.

"병을 앓고 보니 돈이 인생의 전부가 아니라는 걸 확실히 알겠더군. 내 건강, 내 가족의 행복을 그깟 천만 원에 비하겠나?"

그는 난생 처음 무리해서 떠난 그 여행이 멋진 재충전의 기회이자 가족간의 사랑을 재확인하는 중요한 기회였다며 천만 불짜리 미소를 지어보였다. 앞으로는 중국과 아프리카를 여행할 계획이라는 말도 덧붙였다. 물론 네 식구가 다 함께.

삶에 있어서 소중한 것이 무엇인가를 잘 생각해 보면 당장의 고난이나 역경은 별게 아니다. 사람은 불행하기 때문에 죽는 게 아니라 절망하기 때문에 죽는다. 가난한 마음으로 세상을 바라보라. 하늘이 파란 것은 희망이 있다는 증거이다.

"사랑하는 것을 가질 수 없을 때는 가진 것을 사랑하라."

루시라 부턴의 말이다. 조용히 눈을 감고 당신이 가진 것을 하나하나 헤아려 보라. 적어도 100가지는 찾을 수 있을 것이다.

# 문제를 단순하게 받아들여라

"문제점보다 해결책에 초점을 맞추는 것이야말로 성공을 자석처럼 끌어당기는 힘이 된다."
– 도널드 트럼프 Donald J. Trump

토론토의 신경정신과 전문의 수전 킬린저는 사회적으로나 경제적으로 남들이 부러워할 만한 위치에 있었다. 의사 집안의 딸인 수전은 환자들은 물론 동료들한테도 존경받는, 꽤 실력 있는 의사였다.

겉보기에는 완벽한 행복을 누리며 살아가는 듯한 37세의 여의사 수전이 자신의 6개월 된 아들을 가슴에 안고 달려오는 지하철에 뛰어들었다는 뉴스가 나오자 토론토 시민들은 경악을 금치 못했다. 사고로 아기는 그 자리에서 즉사하고 수전 자신은 중태에 빠졌다.

이웃에 사는 사람들이나 가족들은 '도대체 왜' 그녀가 그토록 극단적인 선택을 감행했는지 이유를 알 수 없어 했다. 전문가들은 우울증 환자들을 치료하던 그녀 자신이 우울증에 시달리다 아들과 함께 자살을 기도했을 것으로 짐작하고 있다.

캐나다 정신의학학회 회장인 마이클 메이어스 씨는 "환자들의 정신질환 치료에 매달리다 오히려 자신의 정신건강 문제는 간과하는 의사들이 많다"며 자신이 치료한 의사만 해도 1,500명에 달한다고 밝혔다. 수전 또한 예외는 아니었을 것이라는 말이다.

토론토의 한 정신과 의사도 "우울증의 발생은 연령이나 성별에 따라 다소 차이가 있을 뿐 의사들도 우울증에 걸리기는 마찬가지다"라고 설명했다. 다만 환자를 치료한다는 직업적 특성 때문에 의사가 정신과를 찾는 것에 수치심이나 죄의식을 느껴 비극을 자초하기도 한다는 것이다.

의사로서 약점을 보이면 의사면허가 취소될지도 모른다는 두려움과 다른 의사로부터 처방을 받는 것에 대한 불편함 등도 우울증에 걸린 의사들로 하여금 정신과 방문을 꺼리도록 만든 이유가 된다는 지적이다.

우울증은 마음의 병이다. 만약 약물치료만으로 완치될 수 있는 병이었다면 수전의 아들은 죽지 않았을 것이다. 수전은 의사였기 때문에 누구에게도 '내 마음을 고쳐달라' 고 호소할 수 없는 처지였다. 그렇다고 본인 스스로 죽음으로까지 이어지는 스트레스를 풀 수 있는 방법을 찾지도 못했다. 결국 그녀는 자신을 철저히 고립시킨 상태에서 최악의 선택을 하게 된 것이다.

## 긍정적인 사고를 가져라

아무리 완벽하게 보이는 사람이라 할지라도 정신적인 고민이 없을 수 없다. 산업이 발전하면 발전할수록, 기술이 발전하면 발전할수록 인간관계에서의 어려움은 더해지고, 직업과 관련된 스트레스는 더 많아지게 마련이다.

하루하루가 다르게 변하는 지식 정보화 사회에서 남보다 뛰어나지 않으면 뒤처지고 만다는 치열한 경쟁의식은 결국 폭발 직전의 스트레스를 몰고 온다. 이를 이겨내지 못할 경우 심한 우울증과 무기력증에 빠질 수밖에 없다.

이러한 우울증과 무기력증, 고민에서 벗어나는 방법 몇 가지를 소개하면 다음과 같다.

### 1. 단순하게 할 수 있는 일에 몰두한다.

가령 누군가를 위해 요리를 만든다거나 간단한 공예품 만들기도 좋다. 한 가지 일에 지극정성으로 몰두하다 보면 심리적 압박감으로부터 오는 스트레스는 씻은 듯이 사라지고 자신도 모르게 어떤 내면적인 평화와 행복한 마비상태를 경험하게 된다.

**2. 다른 사람의 비난이나 칭찬 혹은 평가에 마음을 쓰지 않는다.**

자신의 삶은 자신이 사는 것이다. 남이 나를 어떻게 보든 다른 사람에게 피해를 주지 않고 나 스스로가 만족할 수 있고 행복할 수 있으면 그만이다.

당신은 어떤 경우에든 정당하다고 생각하라. 대개 인간은 그것이 합당하든 부당하든 관계없이 비난에 대해서는 분개하고 칭찬에 대해서는 기뻐하는 경향이 있다. 인간은 그 기질상 논리적이라기보다는 감각적이며, 감정에 휘둘리기 쉬운 동물이기 때문이다. 자신이 옳다고 믿는 것이라면 다른 사람의 말을 두려워할 필요가 없다.

**3. 우리들 자신이 가진 고민의 실상을 냉정하게 파악한다.**

대개 우리가 가진 고민의 50%는 일단 정확하게 상황을 판단함과 동시에 소멸된다. 나머지 40%는 고민을 해결하려는 결단을 실행에 옮김으로 사라지고 열정적으로 그 일에 매달리다 보면 마지막 10%의 고민도 없어지게 된다.

실제로 우리가 가진 대부분의 고민은 고민 자체가 아닌 고민을 둘러싼 주변적인 것이 더 많다. 그럼에도 우리는 고민 자체를 없애 버릴 단안을 내리고 실천에 옮기기보다는 망상에 망상을 거듭하다 도무지 헤어나올 길 없는 자기 함정에 빠져 버리는 경우가 많다.

이럴 땐 현실에 너무 집착하지 말고 여유 있게 문제를 해결해 가려는 노력이 필요하다. 그래도 되지 않을 경우에는 전문가의 도움을 청하는 것도 좋은 해결책이 될 수 있다.

무엇보다 중요한 것은 세상에 문제가 없는 사람은 한 사람도 없다는 사실을 인정하는 것이다. 나 혼자만이 해결하기 힘든 문제를 안고 사는 것이 아니라 살아가면서 누구나 겪을 수 있는 어려움을 나 또한 안고 사는 것임을 인정해야 한다.

세상에서 가장 행복해 보이는 사람이라 할지라도 한 가지 이상의 고민을 갖고 있다. 마치 수전이 그랬던 것처럼 말이다. 이러한 사실을 인정할 때 내가 가진 고민이나 문제가 더 이상 크게 보이지 않게 된다.

무엇보다 중요한 건 당신 자신이다. 우울증이나 무기력증처럼 마음에서 비롯된 병은 당사자의 노력 없인 치유가 불가능하다. 전문가들은 고민이 닥쳤을 때 스스로 벗어날 수 있는 방법을 다음 3단계로 제시하고 있다.

먼저 그 1단계로 상황을 명확하게 분석하여 문제 해결의 노력이 실패로 끝났을 때 일어날 수 있는 최악의 상태를 예측해 본다.

2단계로 예상되는 최악의 상태를 감수하며

3단계로 그런 최악의 상태를 다소나마 완화시키기 위해 차분하게 자신을 다독거리는 시간이 필요하다.

걱정할 것 없다, 이 문제는 내 인생에서 일어날 수 있는 아주 사소한 문제일 뿐이다. 이렇게 스스로 마음을 평온하게 만드는 자기암시도 효과가 있다. 희망과 용기를 북돋워 주는 책을 읽는 것도 삶의 에너지를 충족시키는 방법이다. 이런 종류의 책들을 머리맡에 두었다가 잠들기 전 매일 한두 쪽씩 읽도록 한다. 정규적인 명상 프로그램이나 워크숍, 심리치료 프로그램을 통해 흐트러진 마음을 다스려볼 수도 있다.

고민의 가장 해로운 특징은 인간의 집중력을 저하시키는 것이다. 우리가 어떤 일로 고민에 빠져 있을 때 마음은 끊임없이 동요하며 결단력을 잃고 방황하게 된다. 의사들은 대부분의 위궤

양은 원인이 식생활 습관에도 관련이 있지만 더욱 큰 원인은 마음의 갈등에서 비롯된다고 이야기한다. 감정적인 긴장의 강약에 따라 위궤양이 일어나기도 하고 가라앉기도 한다는 것이다.

골치 아픈 문제일수록 최대한 단순화시켜라. '내일, 혹은 모레는 오늘보다 나아지겠지.' 하는 마음의 여유로 오늘 하루 최선을 다하라. 당장은 어떤 문제가 당신의 일상을 불편하고 언짢게 만들지라도 당신이 지지 않는 한 고민 따위는 결코 당신을 무너뜨릴 수 없다. 어떤 문제든 당신을 단련시키려고 있는 것이지 당신을 주저앉히기 위해 생긴 것은 아니다.

# 매사를 주의 깊게 살펴라

"지식보다는 상상력이 더욱 중요하다."
– 알베르트 아인슈타인 Albert Einstein

2001년 아카데미상 수상식에서 마약과의 전쟁을 그린 영화 〈트래픽〉으로 감독상을 수상한 스티븐 소더버그는 수상소감을 이렇게 밝혔다.

"자신의 시간을 조금이라도 창작에 바친 모든 이들과 영예를 함께 하고 싶습니다. 그것이 책이든 영화든 댄스이든 음악이든 말입니다. 이 세상은 예술이 없이는 존재할 수 없는 것이라고 생각합니다."

21세기 지식 정보화 시대에 창의적 아이디어를 내고 그것을 실행에 옮기는 일의 중요성은 누구나 공감하고 있다. 그러나 많은 사람들이 '문제는 창의력' 이라고 입을 모으면서도 정작 아이디어를 찾는 방법에 대해서는 고개를 갸우뚱한다.

아이디어가 중요한 건 알지만 도대체 아무런 생각이 없다는 것이다. 무언가를 깊이 생각해 보려고도 하지 않으니 생각이 없는 건 당연한 일이다. 깊이 생각한다고 해서 무슨 대단한 학술적 가치를 떠올려보라는 건 아니다. 다만 주변의 모든 사물을 관심 있게 바라보는 습성을 들이라는 것이다.

창의력의 부재는 스스로 그런 것과는 거리가 먼 사람이라고 단정지어 버리기 때문에 생기는 현상일 뿐이다. 매사를 관찰자의 눈으로 들여다보면 자신도 모르게 기발한 착상이 떠오르는 수가 있다.

승용차나 기차로 여행을 하다 보면 어른들 눈에는 잘 보이지 않으나 아이들 눈에는 유독 잘 보이는 것이 있다. 바로 들판 가득 풀을 뜯고 있는 '젖소' 떼이다. 아이들은 어느 틈엔가 "저기 젖소가 보인다"며 탄성을 지른다. 또 한참 지나가다 보면 "저기도 소가 있어!"라고 외친다.

어린아이들의 눈에 젖소가 잘 보이는 것은 그들이 동물에 관심을 갖고 있기 때문이다. 어른들은 눈앞에 동물들이 떼지어 지나가지 않는 한 먼 들판의 풍경에 무관심할 뿐이지만, 아이들은 창 밖으로 눈을 고정시키고 젖소만 찾고 있기 때문에 때마다 놓치지 않고 함성을 지르는 것이다. 이처럼 아이들의 눈으로 관심을 가지면 창의적인 아이디어가 떠오르기 마련이다.

## 독창적인 아이디어를 찾아라

새로운 발견이란 특별한 것이 아니다. 평소에 꾸준히 관심을 가지고 있다 보면 문득 떠오르는 생각, 아이디어란 그런 것이다.

학교 다닐 땐 유독 질문을 많이 하는 아이들이 정해져 있었다. 선생님께 물어보고 싶은 문제를 가진 학생들은 많아도 정작 손을 번쩍 들고 스스로 궁금증을 이야기하는 학생들은 몇 명뿐이다. 자신이 한 질문이 가치 있는 것인지 자신감이 없기 때문이다.

문제가 있으면 답이 있는 법, 그런 적극성이 있어야만 창의력이 풍부한 인간으로 성장할 수 있을 텐데 아쉽게도 우리의 교육 여건은 소극적 인간형을 양산해 왔다. '쓸데없는 걸 묻는다'는 교사의 호통을 두려워하던 아이들이 커서는 '아이디어는 무슨 아이디어야, 나는 그냥 주어진 일만 하기에도 벅찬 사람이야'라는 소극적인 태도로 조직생활을 하게 된다.

스스로 나는 아이디어가 많은 사람이라는 자신감을 부추긴다면 얼마든지 창의적인 발상이 가능한데도 말이다. 아이디어를 내는 것이 어렵다고 생각하면 한없이 어렵지만 쉽다고 생각하면 간단하다.

여유 있게 자신의 마음을 풀어놓으면 일상의 모든 부분에서 아이디어가 샘솟는다. 이런 저런 스트레스로 마음이 복잡하게 얽혀 있을 때 무슨 대단한 착상이 떠오르겠는가.

글을 쓰는 일도 창의적인 노동이기 때문에 생각이 복잡하고 환경이 어지러울 땐 좋은 글을 쓸 수 없다. 그러므로 작가들은 수시로 여행을 떠난다. 일상에서 벗어나 한가로운 시간을 보내다 보면 새로운 의욕이 생겨 그만큼 좋은 작품을 생산하게 되는 것이다.

일본의 작가 무라카미 하루키는 글을 쓰기 위해 매년 여행을 떠난다고 한다. 350만 부 이상이 팔린 《노르웨이의 숲》 역시 그리스와 이탈리아에서 쓰여졌다. 《로마인 이야기》를 쓴 일본의 여류작가 시오노 나나미도 유럽에서 많은 시간을 보냈다.

이렇듯 작가나 시인, 화가나 작곡가들이 시장바닥을 돌아다니고, 사람을 만나 대화를 나누고, 한적한 곳을 찾아 나서는 이유는 보다 많은 것을 보고, 느끼기 위한 목적에서다.

머리를 쥐어짜고 생각만 한다고 아이디어가 떠오르는 건 아니다. 독일의 철학자 헬름 홀츠는 새로운 생각을 떠올리기 위한 3단계의 방법을 제시하고 있다.

1_ '준비' 의 단계로서 문제를 모든 방향에서 철저히 조사한다.
2_ '부화' 의 단계로 이때는 절대로 문제를 심각하게 생각하지 말라고 권한다.
3_ '영감' 의 단계로 마치 어떤 영감처럼 순간적으로 기발한 착상이 떠오르게 된다.

캘리포니아 대학의 한 과학적 문제해결 전문가도 비슷한 의견을 내놓았다. 그는 4단계로 문제해결 방안을 제시하고 있다.

그가 말하는 문제해결 방안은

1_준비단계 문제의 여러 가지 요인을 찾아보고 그것들의 상관 관계를 연구한다.
2_부화단계 문제의 해결점을 못 찾겠거든 하룻밤 자고 다시 생각한다.
3_영감단계 해결의 실마리가 갑자기 풀리는 것을 느낀다.
4_검증단계 그 해결 방법이 정말로 효과가 있는지 점검한다.

바야흐로 아름다운 봄꽃들이 기다렸다는 듯 앞다투어 꽃망울을 터트릴 준비를 하고 있다. 당신의 아이디어도 봄꽃처럼 활짝 피어나길 기대한다.

# 내 속에 노다지가 있다

"음악가는 끊임없는 훈련을 통해서 만들어진다."
– 이작 스턴 Isaac Stern

우리들 각자에겐 무한대의 잠재능력이 숨어 있다. 스스로가 느끼지 못해서 그렇지 누구나 독특한 재능과 창조적 가능성을 갖고 있다. 첫 번째 책을 내기 전까지만 해도 내가 글을 쓴다는 것은 거의 불가능한 일로 여겨졌었다. 하지만 '나도 마음만 먹으면 할 수 있다. 언젠가는 꼭 책을 한 권 내야지' 라는 결심으로 하루에 몇 줄씩이라도 써본 결과 꿈이 현실이 되었고 지금은 글 쓰는 일이 자연스런 생활의 일부가 되었다.

모든 일이 마음먹기에 달렸다는 말은 인생의 진리다. 누구든 스스로가 가진 재능을 발견하고 이를 개발하기만 하면 인생이 뒤바

꿔는 성과를 이룰 수도 있다.

텍사스 주 버몬트 마을 근처에 사는 한 지주의 이야기다. 한때 그는 가족을 부양하기 위해 어쩔 수 없이 토지의 일부를 팔아서 생활비를 충당할 작정을 하고 있었다. 때마침 한 정유회사 사람이 찾아와 그 땅에 석유가 묻혀 있는 게 틀림없다고 말했다. 땅을 파도록 허락해 준다면 로열티를 지불하겠다는 제안도 해왔다.

땅 주인으로서는 어차피 손해 볼 일이 없다는 판단이었다. 석유가 나오면 많은 돈을 벌게 될 것이고, 안 나오면 기왕 팔려고 했던 땅이니 팔아 버리면 그만이라는 생각을 했던 것이다. 그는 두말없이 정유회사의 제안을 받아들였다. 그런데 그 땅이 완전한 노다지였다. 얼마나 많은 양의 석유가 쏟아져 나오는지, 나무로 만든 유정탑이 부서질 정도였다. 정유회사는 유전 개발을 끝내기도 전에 수십만 배럴의 석유를 퍼올렸다. 단일 유전으로는 역사상 최고의 생산량을 기록한 유전이었다. 한마디로 '대박' 이 터진 것이었다.

그러면 이 땅의 주인은 하루아침에 억만장자가 된 행운의 사나이라고 할 수 있을까? 천만에, 지주가 몰랐을 따름이지 그는 오래 전부터 억만장자였다. 땅을 사서 자신의 소유로 만든 순간부터 이미 억만장자나 다름없었다. 자신의 땅에 그만한 양의 기름이 있을 것이라고는 생각하지 못했던 것뿐이다. 유감스럽게도 땅 주인은 그 사실을 모르고 있었기 때문에 자기 손안에 들어 있는 노다지를 어떻게 활용해야 될지를 몰랐던 것이다.

우리 주위에도 뛰어난 능력과 재능은 가지고 있으나 본인이 그것을 못 느끼는 경우가 많다. 자신의 내면에 감추어진 능력을 발견하지 못했거나, 스스로 자신을 믿지 못해서 그렇지 살펴보면 반드시 잘하는 것이 하나는 있게 마련이다.

## 스스로 한계를 정하지 마라

나는 평소에 푸르덴셜 생명보험사에서 보내준 작은 다이어리를 들고 다닌다. 그 회사와 특별한 관련이 있어서가 아니라 크기가 적당하고 들고 다니기 편해서 애용하는 편이다. 이 다이어리 앞에는 '푸르덴셜Prudential 2002' 이라는 글자가 황금색으로 새겨져 있다.

오늘 아침엔 이런 생각을 해보았다. 비록 글씨는 푸르덴셜Prudential 이라고 쓰여져 있지만 이제부턴 포텐셜Potential, 잠재능력 2002로 생각하자고. 늘 가지고 다니는 이 작은 다이어리를 사용할 때마다 내 안에 감추어진 잠재력을 느끼며 그것을 최대한 발전시켜 보자는 내 나름의 자기 발전 전략인 셈이다. 나아가서는 나

개인의 능력만이 아닌 내가 속해 있는 조직의 포텐셜까지 발굴해 낼 수 있다면 이보다 좋을 순 없지 않겠는가.

잠재력만 있다고 다 성공하는 것은 아니다. 각자에게 주어진 잠재력을 믿고 이를 발굴해 내는 작업이 필요하다. 땅속에 묻혀 있는 유전을 개발하여 석유를 퍼내야만 억만장자가 될 수 있는 것처럼 우리가 가진 잠재능력을 개발하기 위해서는 끊임없는 노력과 훈련이 따라야 한다.

땅속에 기름이 묻혀 있기는 한데 이를 개발할 생각은 하지 않고 세월만 보낸다면 억만장자의 꿈은 영원히 땅속에 묻혀 있을 수밖에 없다. 위대한 바이올린 연주가 이작 스턴에게 누군가 이런 질문을 한 적이 있다.

"천부적인 재능은 타고나야만 하는 것일까요?"

대답은 "그렇다"였다. 그러면서 그는 타고난 재능도 대단히 중요하지만 더욱 중요한 것은 훈련이라고 덧붙였다.

"음악가는 끊임없는 훈련을 통해서 만들어진다"는 것이었다.

위대한 음악가가 되기 위한 최고의 자질은 노력이다. 아무리 훌륭한 재능을 타고났다 하더라도 훈련이 뒷받침되지 않으면 소용이 없다. 누구에게나 잠재력은 있다. 훈련은 바로 그 잠재력을 키워나가는 노력이다. 그러므로 로이 L. 스미스는 "훈련이란 재능을 능력으로 변화시켜 더욱 정제하는 것"이라고 말했다.

미국의 테니스 스타 안드레 아가시는 자신이 가진 잠재력을 발견하고 그것을 잘 개발한 대표적인 인물이다. 30세가 넘은 그의 나이는 테니스 선수로선 노장 측에 속하지만 체력이나 실력 면에서는 세계 정상급의 위치를 고수하고 있다.

어머니와 누이가 동시에 유방암 진단을 받는 등 많은 어려움이 한꺼번에 닥쳐왔음에도 여전히 자신의 임무에 열중하고 있다. 그는 요즘도 매일 엄청난 웨이트 트레이닝과 끊임없는 연습을 한다고 한다. 세계 최정상급 수준의 테니스 실력을 병든 어머니와 누이를 비롯한 모든 이들에게 보여주기 위해서라며 그는 이렇게 말한다.

"하루치 훈련을 끝내고 더 이상 할 것이 없다고 느꼈을 때, 나 자신이 연습 내용에 대해서 스스로 만족할 수 있을 때, 내겐 그것이 유일한 즐거움이다."

2001년 호주오픈 단식결승에서 프랑스의 신예 아르노 클레망을 가볍게 이긴 후 그는 또 이런 말을 남겼다.

"이기기 위해서는 훈련이 필요하다. 값을 지불하지 않고는 이룰 수 있는 것이 아무것도 없다는 것을 잘 알기 때문에 나는 하루하루를 그렇게 산다."

그는 무엇보다 노력이 최상의 무기라는 사실을 온 세상 사람들에게 증명해 보이고 있다. 우리는 대개 보상받아야 하는 것보다 더 많은 것을 지불하며 살아가고 있다고 생각한다. 그렇지만 오늘 당신은 미래의 노다지를 캐내기 위한 한 걸음을 내딛고 있는 것이라고 생각하라. 그 노다지는 당신의 노력하는 가슴 안에 있다.

# 훌륭한 사람의 장점을 벤치마킹 하라

"당신의 인생은 당신이 하루 종일 무슨 생각을 하는지에 따라서 달라진다."
- 에머슨 Emerson, Ralph Waldo

한 사람을 깊이 이해하기 위해서는 그가 살아온 생활환경이나 성장배경, 접촉하는 사람들의 면면을 살펴볼 필요가 있다. 이유는 사람이 환경의 지배를 받기 때문이다. 환경 가운데서도 가장 크게 영향을 미치는 환경은 바로 사람이다. 과거에 함께 한 사람, 현재 함께 하고 있는 사람, 그리고 앞으로 함께 할 사람 등.

흔히 듣는 '끼리끼리', '유유상종類類相從' 이라는 말은 한 개인의 사고나 생활양식이 그가 접하는 사람들로부터 영향을 받는다는 의미를 내포하고 있다.

어떤 분야에서든 성공하려면 그 분야에서 최고의 사람들과 만남의 기회를 가질 필요가 있다.

이 만남은 'face to face' 즉 얼굴과 얼굴을 대하면서 만나는 직접적인 만남일 수도 있고 책이나 매스컴을 통한 간접적인 만남일 수도 있다. 우리는 이러한 만남을 통해서 남다른 삶의 방식을 배울 수 있고, 원하는 것을 효과적으로 성취할 수 있는 방법을 깨달을 수도 있다. 스스로 닮고자 하는 역할 모델Role model을 만드는 것 역시 성취에 도움이 된다. 역할 모델의 삶을 벤치마킹 할 수 있기 때문이다.

### 멘토를 만나라

예를 들어 당신이 만약 훌륭한 기업가가 될 목표를 가졌다면 대한민국 혹은 세계적으로 가장 훌륭한 기업가 중 한 두 명을 모델로 삼아 그가 어떤 과정을 거쳐 최고 경영자가 될 수 있었으며 생활습관은 어떻고 삶의 철학은 어떤 것인지 알아보고 그 방법을 당신의 삶에 적용시키는 것이다.

노력하면 당신 역시 그렇게 될 수 있다. 만약 골프를 잘 치고 싶다면 주위에 골프를 가장 잘 치는 사람을 역할 모델로 삼는 것이다. 그가 누구에게 골프를 배웠는지, 연습은 어떤 방식으로 하는지 필드는 얼마나 자주 나가는지를 벤치마킹 하여 그대로 따라하면 언젠가는 그와 비슷한 수준의 골프를 칠 수가 있다.

빌 클린턴은 미국의 35대 대통령 존 에프 케네디를 모델로 삼았다. 학창시절에 케네디 대통령과 악수하는 장면을 찍은 사진을 벽에 걸어놓고 수시로 쳐다보며 자신도 그와 같이 되겠다고 케네디를 역할 모델로 삼아 대통령이 되겠다는 꿈을 키워간 것이다. 결국 그는 꿈을 실현시켰다.

영국의 수상 토니 블레어도 이와 같은 방법을 썼다. 그는 마가렛 대처 수상을 역할 모델로 삼았고 마침내 수상의 자리에 올랐다.

존경하는 사람이 있으면 자신도 그와 같은 삶을 살아야겠다는 노력을 하게 된다. 그 '존경하는 인물' 이 삶의 정신적 지주 역할도 해준다.

아쉽게도 요즘 신세대들은 존경하는 사람이 없다고 한다. 얼마전 회사의 신입사원 모집 때 면접위원으로 참석한 적이 있다. 입사지원자들에게 존경하는 사람이 있는지를 물어보았더니 놀랍게도 대부분 지원자들의 대답은 "특별히 존경하는 사람은 없다" 였다.

나에게는 세 분의 역할 모델이 있다. 한 분은 학계에 한 분은 종교계, 또 다른 한 분은 기업의 최고 경영자로 일하다 세상을 떠났다.

나는 늘 그분들의 생활방식과 본받을 만한 모습을 떠올리며 조금이라도 닮아가려는 노력을 하며 살아왔다. 어려운 결정을 앞두고 있을 때 그 분들이라면 어떤 결정을 내렸을까 생각하며 지혜를 얻곤 한다.

미국의 철학자 에머슨은 "당신의 인생은 당신이 하루 종일 무슨 생각을 하는지에 따라서 달라진다" 고 했다. 한 사람이 하루 종일 무슨 생각을 하는지는 그가 평소 어떤 사람들과 교분을 맺었고 어떤 역할 모델을 가졌느냐에 달려 있다. 당신의 역할 모델은 누구인가?

# 2부

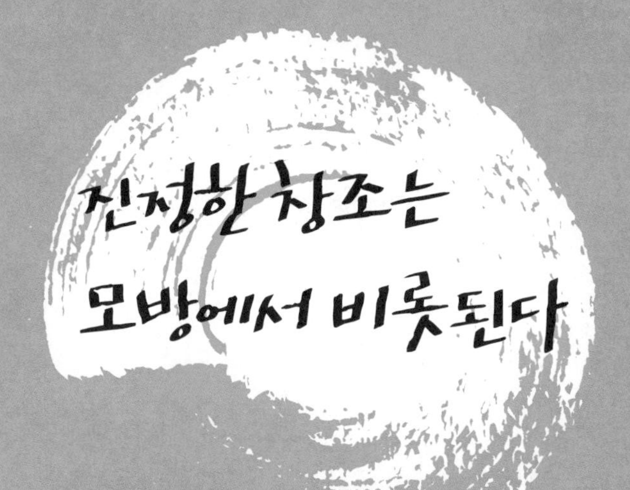

# 진정한 창조는 모방에서 비롯된다

## 날마다 새롭게 변해라

당신의 사고를 관찰하라. 그러면 그것은 말로 변할 것이다. 당신의 말을 관찰하라. 그러면 그것은 행동으로 변할 것이다. 당신의 행동을 관찰하라. 그러면 그것은 습관으로 변할 것이다. 당신의 습관을 관찰하라. 그러면 그것은 개성으로 변화될 것이다. 당신의 개성을 관찰하라. 그러면 그것은 당신의 운명이 될 것이다.

# 균형감각이 세상을 살린다

"성공을 기준을 바꾸어라. 자신의 이력서를 얼마나 찬란하게 만들었느냐가
아니라 타인에게 어떤 영향을 미쳤는지, 얼마나 주위 사람들의 삶을
변화시키도록 했는지를 기준으로 삼으라."
– 토머스 드롱 Thomas J. Delong

어떤 사람을 일컬어 "그는 참 균형감각이 있다"라고 말할 수 있다면 대단한 칭찬이다. 기술발전과 환경변화의 속도가 엄청나게 빠른 이런 현대사회의 구성원으로 살면서 균형감각을 갖는다는 것은 결코 쉽지가 않기 때문이다.

지식 정보화 사회에서 바람직한 리더가 되려면 반드시 필요한 조건이 균형감각이다. 리더가 사물이나 현상의 한 단면만을 보고 전체를 평가하는 우를 범한다면 많은 조직구성원들을 곤경에 빠트릴 수 있다. 기업의 경영에 있어서는 특히 그러하다. 기업을 성공적으로 이끌어 가려면 주어진 경영자원을 적절히 배분하여 기

술개발, 시장개척, 자금관리 등의 업무를 균형적으로 수행해 가야만 훌륭한 경영자가 될 수 있다.

우리들 각자는 정신적 육체적으로 많은 시련과 도전에 접하게 된다. 이러한 시련과 도전에 맞닥뜨릴 때 균형감각이 없다면 낙오자가 되기 십상이다. 정신적인 장애자들이 넘쳐나는 현실이다. 치열한 생존경쟁에서 낙오된 사람들이 겪게 되는 고통은 그들로 하여금 균형감각을 상실하도록 만든다.

인터넷의 발달은 몇 가지 측면에서 부정적인 경향을 초래하고 있다. 컴퓨터 앞에 앉아 필요한 정보를 찾아내고, 물건을 구입하고, 보이지 않는 익명의 상대와 채팅으로 시간을 보내는 사람들이 많아짐에 따른 인간관계의 단절 역시 균형감각을 잃게 만드는 중요한 원인이 되고 있다.

굳이 집 밖으로 나가지 않아도 대부분 일상생활의 문제를 해결할 수 있게 되었다며 인터넷이라는 놀라운 인류의 진보를 반겼던 사람들도 언제부턴가 개인이 점점 고립되어가고 있다는 사실을 깨닫게 되었다.

사람이 사람을 상대할 일이 점점 줄어들고 있다는 건 분명 경계해야 될 상황이다. 그건 곧 미덕의 상실을 의미하기 때문이다. 균형감각이란 인간고유의 미덕에서 비롯되는 것이다.

지식은 뛰어난데 지혜가 부족한 사람, 똑 부러지게 일은 잘하는데 남을 배려하는 마음이 전혀 없는 사람, 당장 눈앞의 이익만을 보고 더 큰 미래의 손실을 보지 못하는 사람, 사람 냄새보다는 돈 냄새, 잉크 냄새, 권력 냄새만 물씬 나는 사람, 그런 사람에게서 균형감각을 느낄 수 없는 건 당연한 일이다.

## 남을 배려하는 따뜻한 마음

옛날 산양을 기르는 어떤 마을에 늑대가 나타났다. 늑대가 산양을 잡아먹자 마을 사람들은 늑대를 보는 대로 죽여 없앴다. 늑대는 점차 사라지기 시작했고 산양은 마을 사람들의 보호를 받으며 무럭무럭 자랐다. 늑대가 없어진 마을엔 온통 기하급수적으로 불어난 산양 천지였다.

그러다 언제부턴가 초원의 풀이 부족하게 되었다. 산양들은 풀뿌리까지 모조리 먹어치웠다. 결국 산은 황폐해졌고 먹이를 찾지 못한 산양들은 모조리 굶어죽고 말았다.

마을 사람들이 늑대를 보이는 대로 죽인 것은 산양을 아끼는 마음 때문이었다. 하지만 결과는 전혀 엉뚱하게 나타났다. 늑대를 죽이자 양까지 모두 죽어 버린 것이다. 늑대를 죽이는 것이 단기적으로는 산양을 보호할 수 있었지만 궁극적으로는 산양을 모두 잃게 되는 원인이 되고 말았다.

산양의 피해만 생각하고 늑대가 생태계의 균형을 유지시키는 역할을 한다는 것을 미처 깨닫지 못한 탓이었다. 생태계의 먹이사슬을 무시한 채 늑대를 몰살시킨 것은 숲을 보고 나무를 보지 못한 데서 오는 인간의 엄청난 실수였다.

만약 산양, 늑대, 풀, 주민 간의 상호 의존적 관계를 제대로 파악만 했더라면 이러한 비극을 막을 수 있었을 것이다. 또한 나중에라도 산양의 수와 풀의 상태를 피드백시켜 대책을 수립했더라면 결과는 판이하게 달라졌을 것이다.

균형감각을 유지하며 시스템적인 사고를 한다는 것은 개인의 삶이나 조직생활에 있어서 대단히 중요한 몫을 차지한다. 좁은 관점에서 보면 옳은 행동도 넓은 영역에서 보면 정당하지 못한 경우도 종종 있다. 바로 이럴 때 시스템적 사고, 즉 올바른 균형감각이 필요한 것이다.

미래산업의 정문술 사장은 공직생활을 마감한 후 많은 시련을 이겨내고 기업을 일으켰다. 나는 정 사장이야말로 균형감각을 가진 경영자라고 생각한다.

최근까지 벤처기업가로서 모범적으로 회사를 이끌어왔던 그는 전문경영인에게 경영권을 넘기고 자신은 깨끗이 일선에서 물러났다. 두 명의 장성한 아들이 있었지만 부를 세습시키지 않겠다고 했던 자신과의 약속을 보란듯이 지켰다.

그는 정도를 걷는 경영자의 산 모델이었다. 고생 끝에 일궈낸 알토란 같은 기업을 피붙이가 아닌 다른 사람에게 물려주기란 결코 쉽지 않았을 것이다. 우리 모두가 잘 살아야 개인도 잘 살 수 있다는 정 사장의 균형감각에 의한 멋진 선택이 있었기에 오늘날 부패정국 비리정국이라는 오리무중의 사회현실이 우울하지만은 않게 느껴진다.

# 데드라인을 정하라

"구체적인 형태로 목표를 세우고 기한을 정하라."
– 앤서니 라빈스 Anthony Robbins

오늘 당신의 목표는 무엇인가? 당신은 어제, 혹은 지난 한 해 동안 세웠던 목표를 어느 정도나 달성했는가?

목표를 수립하는 일은 우리가 최종적으로 달려가야 할 종착지를 정해 놓는 것과 같다. 마라톤 경기에서 결승점에 도달하기 위해 42.195km를 열심히 달려 마침내 결승라인에 도달하는 것처럼 우리 인생도 가야 할 방향을 분명히 해야 앞으로 나갈 수 있다.

먼저 장기적인 목표를 세워보자. 가령 "나는 55세까지 50억의 돈을 벌겠다", "나는 지금부터 10년 이내에 세계 최고의 디자이

너가 되겠다"는 것 등은 장기적인 목표라 할 수 있다. 장기적인 목표는 자신의 현재 위치에서 가야 할 방향을 분명히 정해 놓는 데 의의가 있다.

장기적인 목표가 없이도 앞으로 나갈 수 있다. 그러나 당신의 최종 목적지가 어디인가를 알고 가는 것과 막연히 오늘보다 나은 그 어떤 곳으로 인생의 방향키를 잡는 것은 엄청난 차이가 있다.

목표를 명확히 하지 않은 채 그저 열심히 살기만 하면 된다는 생각으로 하루하루를 살다 보면 당신이 어디로 가고 있는지도 모른 채 결국은 엉뚱한 곳에서 길을 잃게 된다.

부자가 되고 싶다, 행복해지고 싶다, 명예를 얻고 싶다는 등의 막연한 공상은 당신의 삶에 아무런 도움이 되지를 못한다. 분명하고 확고한 장기적인 목표를 가질 때 우리는 궁극적으로 목표한 지점에 도달할 수 있게 되는 것이다.

자기 삶의 장기적인 비전과 구체적인 목표가 정해지지 않았다면 지금 이 순간이라도 늦지 않다. 당신이 살아가는 동안에 꼭 이루고 싶은 목표를 설정하자. 지금 당장 하기가 어렵다면 빠른 시간 내에 인생의 계획표를 짜도록 해보자. 그런 다음 그것을 당신의 가슴속에, 그리고 또 뇌리에 확실히 각인시키자.

분명한 목표가 설정되어 있고 그에 대한 비전을 확실하게 품고 있다면 당신은 이미 그것을 이룬 것이나 다름없다. 이제부터는 좀 더 그것을 구체화시키는 작업이 남아 있을 뿐이다. 우리가 자동차를 운전하며 먼 길을 갈 때 중간 중간 표지판을 보고 내가 지금 제대로 가고 있는지를 확인하는 것처럼, 장기적인 목표를 달성하기 위해선 중간 목표를 따로 세워두는 것이 좋다.

중간 목표는 최종 목적지까지 당신을 이끌어주는 표지판 역할을 한다. 중간에 목표를 점검하지 않으면 내가 지금 올바른 방향으로 가는 것인지 아니면 엉뚱한 방향으로 가고 있는지 확인이 안 된다. 잘못 길을 들어서면 전혀 엉뚱한 방향으로 나갈 수도 있다. 설사 목적지까지 도착한다 해도 그 전에 엄청난 노력과 시간을 허비하게 될지도 모른다.

## 목표를 세분하고 기한을 명시하라

중간 목표는 언제까지 무엇을 하겠다는 것을 구체적으로 정하는 것이다. 즉 하고자 하는 일을 언제까지 하겠다고 하는 단계별 기한을 설정해야 한다. 이렇게 중간 목표가 정해지면 수시로 목표를 점검해 가며 장기 목표에 대한 확신을 갖게 되는 이점이 있다.

미국에서 MBA를 공부할 때 일이다. 매 과목마다 많은 과제물이 주어졌는데 정해진 과제물에는 제출 기한이 명시되어 있었다. 제출 기한을 지키지 않았을 경우에는 여지없이 점수가 감해진다.

아무리 훌륭하게 리포트를 작성했다 할지라도 기일을 엄수하지 않는 리포트는 우수한 점수를 받을 수가 없었다. 그것은 경영에 있어서 타이밍이 얼마나 중요한가를 가르치는 방법이기도 했다.

언제까지 무엇을 하겠다고 하는 목표가 정해지면 기한 내에 목적을 달성하기 위해 여러 각도로 노력을 하게 되는 법이다. 그 결과 목표 달성은 물론이고 융통성과 순발력을 키우게 된다.

그 전까지만 해도 나는 회사생활에만 충실하다 보면 간부가 되고 임원이 되고 또 수입도 저절로 불어날 것으로 생각했다. 나 스스로 기업가가 되겠다는 적극적인 생각보다는 한 기업에서 끝까지 승부를 걸겠다는 결심이었다. 그러는 동안 몇 차례의 스카우트 제의가 있었고 독립의 기회도 한두 번 있었으나 행동으로 옮기지는 않았다.

되돌아보면 나름대로의 성과를 거둔 것만은 분명하지만 여러 번의 좋은 기회를 놓친 것 또한 사실이다. 돈에 대한 생각도 마찬가지였다. 재테크를 권유하는 주변 사람들이 많았지만 그저 한 귀로 흘려 버렸다. 그런 일은 마치 가만히 앉아서 일확천금을 꿈꾸기라도 하는 것처럼 여겨져 영 마음이 내키지 않았다.

요즘 들어서는 생각을 바꾸기로 했다. 정당한 방법으로 부를 축적한다면 돈을 많이 벌 수 있는 방법을 찾아보는 것은 생활인으로서 당연한 의무라고 말이다. 생각을 바꾸자 돈이 눈에 들어오기 시작했다. 큰 규모는 아니더라도 나름대로 가능한 범위 내에서 실제 투자를 행동으로 옮겼다.

지난 연말에 정산을 해본 결과 목표의 대부분은 이루어진 것 같다. 물론 거기에는 자산 규모를 어느 정도 늘리겠다는 목표까지 포함되어 있었다.

목표가 내 마음속에 선명하게 각인되어 있을수록 성취 가능성은 더욱 커진다. 인생의 목표를 구체적으로 세분화시킨 다음 글로 써서 잘 보이는 곳에 붙여 놓는 것도 목표 달성을 앞당기는 방법이다. 이때 언제까지 무엇을 어떻게 이루겠다는 기한을 명시하라. 매일매일 목표를 확인하고 계획한 대로 실행하고 있는지를 점검하며 매진해 나가도록 하라. 행동으로 옮길 때 꿈은 현실이 된다.

# 하려면 제대로 하라

'거듭된 연습과 노력이 완벽을 만든다.'
– 영어 속담

끊임없는 연습과 훈련은 불가능을 가능케 한다. 높은 산을 오르기 전에 산 아래에서 위를 쳐다보면 도저히 못 오를 것 같다가도 한 발 두 발 걸음을 옮겨 놓다 보면 어느새 정상이 눈앞에 보이는 것처럼.

일단 마음먹은 것을 행동으로 옮기는 순간부터 당신은 성공을 향해 한 걸음 바짝 다가선 것이다. 여기서 간과하지 말아야 할 것이 있다. 무조건적인 연습은 오히려 발전에 장애가 될 수도 있다는 점이다.

### 정확한 방법을 개발하라

몇 년 전 뉴욕에서 MBA 공부를 거의 마칠 무렵 골프를 시작했다. 골프는 꼭 배우고 싶은데 시간당 육십 달러나 되는 레슨비는 꿈도 꾸지 못할 형편이었다. 결국 혼자서 연습을 하는 수밖에 도리가 없었다.

골프도 MBA 과정의 한 과목처럼 생각하며 연습장에 가서 매일 삼백 개 이상의 공을 죽어라 쳐댔다. 그 결과 온몸에 힘이 잔뜩 들어가 아무렇게나 공을 때리는 잘못된 버릇이 몸에 배어 버렸다.

아무리 오랜 시간 열심히 골프채를 휘둘러도 도무지 스코어가 오르지 않는 것은 당연한 결과였다. 아직까지도 그때 잘못 길들여진 버릇을 고쳐보려고 애를 쓰고 있지만 결코 쉽지가 않다. 차라리 처음부터 다시 시작하는 게 나을 정도로 그동안 헛수고만 한 것이다.

영어속담에 'Practice makes perfect' 라는 말이 있다. '거듭된 연습과 노력이 완벽을 만든다' 라는 뜻의 이 말을 나는 'Perfect practice makes perfect' 로 바꿔보았다. 그냥 연습이 아니라 완벽한 연습만이 불가능을 가능케 한다.

완벽한 연습Perfect practice을 위해선 정확한 조준right aiming이 필

요하다. 처음부터 방향을 제대로 잡고 연습하지 않으면 '십년 공부 도로아미타불' 격이다. 무엇을 하든 기초부터 차근차근 제대로 해야 한다. 기초가 부실한 상태에서 열심히 연습만 해봤자 기대할 건 별로 없다. 물론 아예 연습조차 않는 것보다야 나을지 모르지만 수준급으로 발전하기란 어렵다.

함께 일하는 동료들 가운데 영어공부 때문에 골머리를 앓는 모습을 종종 보게 된다. 내가 보기엔 애처로울 정도로 애를 쓰는데 결과가 좋지 않아 본인이 더 답답해한다. 가장 중요한 원인은 공부하는 방법이 잘못되었기 때문이다.

방법을 바꾸면 금방 결과가 달라질 텐데 여러 번 조언을 해도 쉽사리 공부 방법을 바꾸려 하지 않는다. 타성에 젖은 탓이다. 누구에게나 이런 경우가 있을 것이다. 어디 영어공부뿐이겠는가.

변화를 두려워해서는 정상에 오를 수 없다. 산을 오르다 보면 가기 편한 길만 있는 게 아니다. 정상이 가까워질수록 가파른 잡목 숲도 나타나고 때론 위험천만한 고비를 넘어가야 할 때도 있다. 그런 과정을 다 거쳐야만 정상에 오를 수 있다.

도중에 낯선 길, 험한 길에 있다고 해서 마음을 약하게 먹는다면 다시 산을 내려오는 수밖에 없다. 혹은 남들보다 한참을 뒤처진 채 편한 길로만 돌아서 정상을 구경할 수는 있다. 기억하라, 그 땐 이미 산 정상의 깃발은 당신이 아닌 다른 누군가의 손에 의해 펄럭이고 있음을.

# 연습이 완벽을 만든다

"하루를 연습하지 않으면 나 자신이 그 차이를 느낄 수 있었다. 이틀을 연습하지
않으면 친구들이 알아차렸다. 그리고 사흘을 연습하지 않으면 청중들이
맥 빠진 연주에 대해 실망스런 느낌을 전해 오곤 했다."
– 예후디 메뉴인 Yehudi Menuhin

책상 앞에 오래 전부터 꽂아 둔 책이 있다. 알프레드 랜싱이라는 저자가 쓴 《살아 있는 한 우리는 절망하지 않는다》라는 책이다. 내용을 자주 열어 보지도 않으면서도 계속 놓아두는 이유는 제목이 주는 감동 때문이다. 생명이 붙어 있는 한 함부로 절망하는 건 분명 인간으로서 직무를 유기하는 일이다. 하는 일이 힘에 부치거나 심신이 지쳐 있을 때 나는 이 책 제목을 떠올리며 용기를 얻곤 한다.

절친한 선배 한만성 형은 가정 형편 때문에 대학을 다니지 못했다. 고등학교를 졸업하자마자 군에 입대하여 육군보병학교에서

훈련을 받은 후 소위로 임관하였다. 군생활을 마치고 대위로 제대한 후에는 국내 굴지의 모 회사에 들어가 지금껏 예비군 중대장으로 있다. 군 시절부터 맡은 일을 철저히 하는 습관이 몸에 밴 선배는 25년이 넘도록 직장생활을 하는 동안 실수라고는 한 번도 없었다.

예비군 중대의 업무라는 것이 겉보기에는 한직인 것 같지만 실제로는 일반 회사원 못지 않게 바쁘게 돌아간다. 수시로 열리는 예비군 동원훈련이나 민방위 등 연속적인 훈련 이외에도 정기적인 검열과 보고서 작성으로 좀처럼 쉴 틈이 없다.

정년을 3년 앞둔 선배는 최근 영어공부를 시작했다. 평소 목표의식이 뚜렷하고 매사에 계획성 있게 움직이는 장점을 가진 선배답게 공부도 아주 열심이다. '지금 시대에 영어는 할 줄 알아야 사람 구실을 한다'는 것이 선배가 늦깎이로 공부를 시작한 이유였다.

"내가 지금 공부를 해봐야 얼마나 하겠나? 그냥 흉내만 내 보는 거지."

말은 이렇게 하면서도 하루도 거르지 않고 인터넷으로 영자신문을 읽는다.

젊은 사람들도 영어공부를 해야지, 해야지 하고 마음으로는 수 없이 다짐하면서도 실행에 옮기지 못하는 경우가 많은데 나이 50이 넘어서 그렇게 꾸준한 모습을 보면 절로 고개가 숙여진다. 그런 한편으로는 환경 탓만 하고, 이런 저런 핑계를 대며 노력하지 않는 스스로를 반성하게 된다.

## 꾸준히 연습하라

전설적인 첼리스트 파블로 카잘스는 95세가 되어서도 하루에 6시간씩 연습을 했다. 보통 사람 같으면 자신의 몸을 가누기조차 힘든 나이였음에도 불구하고 그는 꾸준한 연습을 통하여 매일 연주실력이 조금씩 향상되는 것을 느낀다고 했다.

"나는 이미 그 일을 하기에는 나이가 너무 들었다"거나 "나는 이제 머리가 녹슬어서 새로운 일이란 생각할 수도 없다"라는 이유로 도전을 두려워하는 우리들에게 카잘스는 '일어나 도전하라'고 행동으로 외친다.

"하루를 연습하지 않으면 나 자신이 그 차이를 느낄 수 있었다. 이틀을 연습하지 않으면 친구들이 알아차렸다. 그리고 사흘을 연습하지 않으면 청중들이 맥 빠진 연주에 대해 실망스런 느낌을 전해 오곤 했다."

바이올리니스트 예후디 메뉴인의 말이다. 훈련을 쌓은 사람만이 진정한 대가大家가 될 수 있다.

연주자라면 누구나 한번쯤 서 보기를 원하는 무대에 한 피아니스트가 초대를 받았다. 어쩐 일인지 그 피아니스트는 주최측의 출연요청을 정중히 사양했다. 다른 사람 같으면 평생에 한번 잡을까 말까 한 좋은 기회를 단박에 거절해 버린 것이다.

주위의 많은 사람들은 어째서 그런 훌륭한 무대를 포기하려고 하느냐며 출연요청을 받아들이도록 권했다. 그러나 그는 결코 마음을 바꾸지 않으려 했다.

"나는 새로운 연주회를 열 때마다 적어도 1,500번 이상 연습합니다. 연습이 부족하면 출연하지 않는 걸 원칙으로 하고 있지요. 하루에 50번씩 연습한다 하더라도 한 달은 걸립니다. 아무리 뛰어난 피아니스트라도 꾸준히 노력하는 사람에게는 이길 수 없습니다. 언젠가는 실력이 바닥나게 마련이지요. 내 연주의 비결은 재능이 아니라 끊임없는 연습의 결과입니다. 그런데 내가 어떻게 연습을 줄일 수 있겠습니까? 제가 충분한 연습을 할 때까지 기다려만 주신다면 기쁘게 승낙하겠지만 만약 그럴 수 없다면 거절할 수밖에 없습니다."

적어도 이 정도 마음가짐은 되어야 소위 말하는 대가 소리를 듣게 되는 것 아닐까? 부를 축적하는 일이건 자기 개발에 관한 것이건 꾸준히 노력하면 그 보답은 반드시 돌아오게 되어 있다. 한다 한다 하면서도 이런 저런 이유로 미루고 있는 일이 있다면 오늘 당장 바로 이 순간에 첫 단추를 꿰어보도록 하자. 그렇지 않으면 나머지 단추는 영영 꿰지 못하게 될지도 모른다.

# 목표를 시각화하라

"문제는 목적지에 얼마나 빨리 가느냐가 아니라 그 목적지가 어디냐는 것이다."
– 메이벨 뉴컴버 Mabel Newcomber

최근에 〈허리케인 카터 The Hurricane〉라는 영화를 본 적이 있다. 이 영화는 22년간 억울한 옥살이를 했던 실존 인물 '루빈 허리케인 카터'의 이야기를 소재로 한 것이다.

허리케인 카터는 사건 당시 한창 복싱계를 주름잡던 앞길이 창창한 권투선수였는데 뜻밖의 살인 누명을 쓰고 감방에 가게 된다. 사건은 완전히 조작된 것이었고 허리케인은 백인 우월주의 사회의 희생양으로 지목되어 인생의 대부분을 갇혀 지내야 하는 신세가 되었다.

허리케인은 결코 시련을 운명으로 받아들일 만큼 나약한 인간이 아니었다. 몸은 감옥이라는 제한된 공간에 속박되어 있지만 그러한 현실이 한 인간의 의지마저 묶어두지는 못했다.

허리케인은 감옥에서 자신의 결백을 주장하고 인종차별정책에 항거하기 위해 《16라운드》라는 자서전을 쓴다. 그리고 우연히 이 자서전을 읽게 된 레즈라라는 소년과 환경운동을 하는 3명의 캐나다 청년들이 허리케인의 구명운동에 나선다.

그들은 허리케인의 무죄를 믿고, 그에게 희망과 용기를 심어주기 위해 자신들의 거처를 캐나다 토론토에서 허리케인이 투옥된 감옥 건너편 아파트로 옮기기까지 한다. 그곳에서 그들은 사건을 재조사하고 연방법원에 재심을 요청하는 등 허리케인의 구명을 위해 박차를 가한다.

신변의 위협을 무릅쓴 청년들의 집요한 노력 덕분으로 마침내 캐나다 연방법원은 허리케인에 대한 무죄를 선언한다. 허리케인에게 적용된 살인혐의가 인종차별주의에서 비롯된 검찰과 경찰의 조작임을 인정한 것이다.

이 영화에서 허리케인역을 맡은 덴젤 워싱턴은 배역을 완벽하게 소화해 내기 위해 몸무게를 18kg이나 줄이며 14개월 간 매일 10km를 뛰고 6개월 간 하루에 2시간씩 링에 올라가 전문 트레이닝을 받았다고 한다. 연기자로서 그가 보여준 프로다운 노력과 훌륭한 연기도 감동적이었지만 이 글을 통해서 말하고자 하는 본론은 따로 있다.

## 목표를 글이나 이미지로 만들어라

영화에서 루빈 허리케인 카터의 구명을 위해 나선 레즈라와 세 명의 캐나다 청년들은 사건을 재조사하는 과정에서 특이한 방법을 쓴다. 그들은 위증이나 조작의 혐의를 뒷받침할 만한 신문기사나 증거자료를 아파트 벽면에 일일이 붙여 놓고 문제의 핵심을 파고든다. 그냥 막연히 서로의 의견을 교환하는 정도가 아니라 의심나는 부분을 발견할 때마다 붉은 색으로 표시한 다음 벽에 붙인다. 이렇게 함으로써 사건의 본질을 명확히 함과 동시에 각 자료의 연관성을 찾아낸다.

문제를 시각화하는 이들의 시도는 허리케인의 혐의에 대한 부당성을 자신들의 뇌리에 확실히 심어 놓고 문제의 실마리를 풀게 하는 데 결정적인 역할을 하게 된다. 특정 사안 또는 목표를 시각화하는 작업은 새로운 아이디어의 원천이며 좀더 적극적인 태도로 문제 해결에 임하도록 하는 역할을 한다.

각종 워크숍이나 팀원들끼리 아이디어 회의를 할 경우에도 제시되는 여러 의견들을 종이에 써서 참석자들이 읽을 수 있도록 벽에 붙여 가며 진행을 하면 효과가 높다.

목표를 달성해 가는 과정에서도 시각자료를 활용할 수 있다. 월별로 혹은 분기별로 목표 달성도를 점검할 수 있는 도표나 그래프를 만들어 표시를 한다. 굳이 거창한 목표가 아니더라도 자신의 희망사항을 시각화하여 수시로 확인하는 것도 효과가 있다.

예를 들어 아직 애인이 없다면 이상형의 사진을 벽에 붙여 두고 "나는 이런 사람을 애인으로 삼을 거야"라고 거듭거듭 자기 암시를 하는 거다. 이렇게 하면 자신도 모르는 사이에 자신이 좋아하는 스타일의 사람에게 접근을 하게 되고 또 과감하게 프로포즈도 하게 된다. 스스로 자기 암시를 통하여 간절한 바람과 열정을 가지게 되었기 때문이다.

몸이 건강해지기를 원한다면 '하루에 만보 걷기', '1km 수영하기', '조깅 30분' 등의 계획을 크게 써서 침대 맡에 붙여 놓거나 마라톤 선수나 수영 선수의 사진을 벽에 걸 수도 있다. 이런 이미지들은 우리 자신을 원하는 방향으로 움직이도록 하는 자극제 역할을 한다. 벽에 붙어 있는 사진을 통해 '나도 그렇게 될 수 있다'

는 상상을 함으로써 열의를 다지게 되기 때문이다.

나는 사무실 책상 주위에 생활의 활력소가 될 만한 글이나 사진을 군데군데 붙여 놓고 수시로 자극을 받는다. 일이 힘들 때 용기를 주는 글도 있고 올바른 리더가 되기 위한 덕목을 적은 글도 있다. 하루에 두세 번쯤은 이런 글을 읽으며 새 힘을 얻는다.

가끔은 앞으로 여행하고 싶은 곳의 멋진 풍경사진을 바라보며 언젠가 그곳에서 편안한 휴가를 즐기는 모습을 상상해 보기도 한다. 가만히 눈을 감고 멋진 휴양지에 가 있는 내 자신을 상상하는 것만으로도 하루의 피로가 가시며 일에 대한 의욕이 샘솟는 것을 느낀다.

자, 여기 한 폭의 그림이 있다. 미래의 당신과 당신의 가족들 남태평양의 푸른 바다를 한가롭게 떠가는 멋진 요트 안에서 활짝 웃고 있다.

앞으로 당신의 행동 여하에 따라서 그것은 단순한 그림 속 풍경일 수도 있고 10년 후, 아니 5년 후의 실제 상황이 될 수도 있다.

# 마음으로 고객을 만족시켜라

"우리들의 일은 비행기를 날게 하는 것이 아니라 사람들의 여행에 봉사하는 것이다.
우리의 업무 가운데 반드시 최우선적으로 고려되어야 할 것은 서비스를 좀더
향상시키는 일뿐이다. 고객을 중시하지 않는 기업치고 오래 가는 기업이 없다."
– 얀 칼슨 Jan Carlzon

스웨덴 국적의 스칸디나비아항공SAS은 창업 이래 1970년대 후반까지 약 17년 간 연속 흑자를 기록했으나 79년과 80년 2년 동안 3천만 달러의 적자를 내고 경영난에 빠졌다. 이러한 때 회사는 얀 칼슨이라는 최고 경영자를 영입하여 새로운 돌파구를 모색했다.

얀 칼슨은 취임 직후 경영에 혁신을 일으키며 획기적인 대책마련에 나섰다. 그가 첫 번째로 터뜨린 전략은 고객과의 접점에 있는 종업원들을 스칸디나비아항공의 영웅으로 떠받드는 것이었다.

칼슨은 회사가 위기에서 벗어나기 위해서는 고객 서비스를 최

일선에서 담당하고 있는 현장 실무자들의 직업적 숙련도가 성공의 열쇠라고 판단했다. 그런 이유로 항공사 안내 데스크는 물론 스튜어디스들을 상대로 특급호텔 뺨치는 대 고객 서비스 훈련을 시켰다.

제복도 깔끔하고 세련되게 새로 만들어 입히고 종업원들의 현장 재량권을 확대하여 사기를 높여 주었다. 위에서 시키는 일만 하도록 되어 있던 구태의연한 조직구조를 고객편의 중심의 시스템으로 개편한 결과 항공사 안팎으로 활기가 넘치기 시작했다.

얀 칼슨 회장은 이 무렵 'moment of truth' 라는 유명한 말을 유행시켰다. 우리말로 직역한다면 '진실의 순간' 이라는 뜻이다. 이 말은 곧 항공사 직원들이 고객과 만나는 처음 15초 동안의 시간이 가장 중요한 순간이라는 것이다. 이 15초 동안에 고객을 감동시킬 정도로 완벽한 업무처리와 서비스를 제공하라는 것이 얀 칼슨 회장의 주문이었다.

고객이 카운터에서 항공기 티켓을 구입하고 좌석배정을 하는 15초 동안 친절하고 정확한 업무수행을 통하여 고객을 완전히 사로잡아야 한다. 항공사 직원들은 신임 회장의 요구를 충분히 만족시켜 주었다.

미국의 한 비즈니스맨이 스웨덴의 수도 스톡홀름에서 코펜하겐으로 가기 위해 호텔을 나왔다. 공항에 도착한 그는 호텔에 항공권을 두고 왔음을 뒤늦게 깨달았다. 항공권이 없으면 당연히 비행기는 탈 수 없을 것이라 생각한 이 승객은 코펜하겐에서 있을 중요한 회의를 거의 단념하다시피 했다.

그런데 잠시 후 뜻밖의 일이 벌어졌다. 스칸디나비아항공사의 담당직원이 자세한 사정 이야기를 듣고 나더니 이렇게 말하는 것이었다.

"걱정 마십시오 손님, 탑승카드를 내드리겠습니다. 묵으셨던 호텔의 방 번호와 코펜하겐의 연락처만 가르쳐 주시면 나머지 일은 우리가 처리하겠습니다."

시원시원한 답변과 함께 항공사 직원의 입가엔 보는 사람까지도 기분이 좋아지게 만드는 부드러운 미소가 번져 나왔다.

비즈니스맨이 대합실에서 비행기 탑승시간을 기다리고 있는 사이 스칸디나비아항공의 담당자가 호텔로 전화를 걸었다. 담당자는 곧바로 회사 차를 호텔로 보내 항공권을 가져오도록 조치를 취했다. 일은 신속하게 진행되어 항공기 탑승 수속이 진행되기도 전에 항공권이 그 비즈니스맨에게 전달되었다.

스칸디나비아항공의 담당 여직원이 다가와 "손님, 항공권이 도착하였습니다"라고 친절하게 티켓을 전해 주는 순간 그는 놀라움에 말을 잃었다. 아마도 그는 평생 스칸디나비아항공을 이용하는 고정고객이 되었을 것이다.

## 고객이 최종 평가자이다

지난 주말 가족행사 준비 때문에 대구에 갈 일이 생겼다. 갈 때는 차편을 이용하고 돌아올 땐 K항공을 이용했다. 출발 예정시간은 저녁 7시 30분.

나는 35분 전인 6시 55분경 좌석배정을 받아 공항청사에서 탑승을 위한 보안수속절차를 기다리고 있었다. 출발수속을 하기로 한 시간이 탑승 예정시간 15분 전인 7시 15분이었는데 7시 30분이 넘었는데도 안내방송조차 없었다.

탑승수속을 알리는 표지판에는 버젓이 '수속중processing' 이라는 표시가 되어 있는데도 말이다. 7시 30분이 지나자 표지판의 '수속중' 이라는 표시도 없어지고 비행기가 지연된다는 표시도 없었다. 표지판의 사인대로라면 이미 비행기가 출발했다는 뜻이다.

탑승 예정시간이 30분이나 지난 7시 45분경에야 공항 활주로에 문제가 생겨 출발이 지연되겠노라는 방송이 나왔다. 나중에 사실을 확인해 보니 공항 활주로의 문제가 아니라 7시에 제주로 출발해야 할 비행기의 탑승수속이 잘못되어 승객들의 항의가 빗발치는 바람에 공항 업무가 마비된 것이었다.

활주로에 이상이 있다면 아시아나 항공의 비행기도 묶여 있어야 할 텐데 아시아나 항공 쪽은 아무런 문제가 없어 보였다. 더욱 이해가 안 가는 부분은 저녁 8시 10분이 되어서야 출발수속을 위한 보안검사가 진행되었는데 이때도 안내방송 한 마디 없었다는 사실이었다.

그때까지 출발을 알리는 안내방송만을 애타게 기다리고 있던 나는 남들이 수속하는 것을 보고 혹시나 하는 마음으로 직원에게 다가갔다.

"지금 출발수속이 시작된 겁니까?"

미심쩍은 마음으로 직원에게 물었더니 막 수속을 시작했다는 대답이다. 그것도 모르고 비행기를 놓칠 뻔했던 생각을 하니 순간 아찔한 기분이었다. 탑승수속장으로 나가면서 티켓을 받는 K항공 여직원에게 내 생각을 전했다.

"다른 승객들도 알아야 하니 탑승수속이 시작되었다고 하는 안내 방송을 해주는 게 좋지 않을까요?"

내 딴에는 정중한 제안이었다. 그러나 어찌된 영문인지 담당 여직원은 대꾸 한마디 없었다.

비행기에 올라 20분 가량을 기다렸다. 마지막으로 비행기에 오른 승객이 어째서 안내방송을 해주지 않았느냐며 화가 나서 어쩔 줄을 몰랐다. 끝내 안내방송을 해주지 않았던 모양이다. 그때까지 모든 승객들이 승강장에 대기하고 있던 상황이었으니 안내방송만 제대로 했더라면 짧은 시간에 탑승수속을 마칠 수 있었을 텐데, 그게 그렇게 어려운 일이었을까?

만약 그렇게만 해주었더라면 자칫 비행기를 눈앞에서 놓칠 뻔한 마지막 탑승객이 그토록 당황하지도 않았을 텐데 안타까운 일이다.

그날 K항공사 대구공항의 책임자는 자리를 비운 듯했다. 대부분의 직원들은 우왕좌왕하거나 자기 할 일만 하면 그뿐이라는 듯 승객들의 항의에 거의 무관심한 태도로 일관하고 있었다.

적어도 내 눈엔 그들이 비정상적인 상황에서 승객을 대하는 훈련이 거의 되어 있지 않은 것처럼 느껴졌다. 모든 승객들의 탑승이 완료된 후에도 한동안 비행기는 출발할 생각을 하지 않았다. 공항 지상 직원들과 승무원들 간의 커뮤니케이션이 제대로 이뤄지지 않은 탓이었다. 무슨 천재지변이 있었던 것도 아니고, 뜨고 내리는 비행기가 많아 순서를 기다리는 것도 아닌데 직원들의 사무처리 미숙으로 100명이 넘는 승객들의 귀중한 시간을 한 시간씩이나 허비하게 만든 것은 실로 납득하기 어려운 처사였다.

"정성을 다하는 K항공에서 안내말씀 드리겠습니다……."

그 난리를 치르며 가까스로 비행기가 이륙하려는 순간, 언제 그런 일이 있었느냐는 듯 흘러나오는 승무원의 안내방송에 나도 모르게 쓴웃음이 흘러나왔다.

아마도 그날 같은 비행기에 타고 있던 승객 중 K항공사 직원들이 승객들을 위하여 '정성을 다하고 있다' 고 생각한 사람은 단 한 사람도 없었을 것이다. 고객이 봉이 아닌 다음에야 입에 발린 상투적인 말로 어떻게 고객을 만족시킬 수 있을까 싶어 배신감마저 들었다.

한 사람의 고객은 200명의 잠재고객에게 영향을 미친다고 한다. 그렇다면 그날의 불미스러운 일로 K항공사는 최소한 수천 명 이상의 잠재고객 확보에 실패한 셈이다.

평소 K항공을 자주 이용하다 보니 승객들이 불만을 토로하는 소리를 자주 듣는다. 그런 언짢은 기억에도 불구하고 나는 아직도 국적기인 K항공에 대해 변함없는 애정을 갖고 있다.

"우리들의 일은 비행기를 날게 하는 것이 아니라 사람들의 여행에 봉사하는 것이다. 우리의 업무 가운데 반드시 최우선적으로 고려되어야 할 것은 서비스를 좀더 향상시키는 일뿐이다. 고객을 중시하지 않는 기업치고 오래 가는 기업이 없다."

위기에 빠진 스칸디나비아항공사를 극적으로 회생시킨 얀 칼슨 회장의 말이다.

# 노랭이도 장점은 있다

"현명해지기란 무척 쉽다. 그저 머릿속에 떠오른 말 중에 바보 같다 생각되는 말을 하지 않으면 된다."
– 샘 레븐슨 Sam Levenson

모든 사람은 장점과 단점을 가지고 있다. 그런데 대부분의 사람들은 상대방의 장점을 보기보다는 단점을 보는 데만 익숙해져 있다. '자기 눈의 대들보는 보지 못하면서 다른 사람 눈의 가시는 본다'는 속담이 그래서 나왔는지도 모르겠다. 특정인을 도마에 올려놓고 험담하는 것을 낙으로 삼는 사람이 있다고 할 정도로 우리는 남을 인정하고 장점을 보는 것에 인색하다.

오죽하면 텔레비전 방송국에서 이런 문화를 바꾸어 보자고 '칭찬합시다'라는 캠페인성 프로그램을 만들었겠는가. 우리 모두는 칭찬에 굶주려 있다. 역으로 이 말은 우리 모두 비방이나 험담으로 가득 찬 세상에 살고 있다는 뜻이기도 하다. 누구든지 자신의 장점을 인정해 주고 그 장점을 북돋워 더 발전할 수 있도록 도와주면 싫어할 사람이 없다.

## 대접한 만큼 대접받는다

한 연설자가 청중을 모아놓고 열심히 자신의 주장을 펼치고 있었다. 사실 그 연설은 별로 재미있는 내용이 아니었다. 청중들은 연설이 시작된 지 10분도 안 되어 반응을 나타냈다. 다들 몸을 뒤틀며 지루해하는 기색이 역력한 가운데 유독 한 사람의 청중만이 처음부터 끝까지 귀를 기울여 경청하고 있었다.

연설자 입장에선 그 한 사람의 청중이 그렇게 고마울 수가 없었을 것이다. 나름대로는 청중들에게 유익한 이야기를 들려주기 위해 밤새워 연설원고를 작성해 왔지만 그토록 반응이 썰렁했으니 얼마나 곤혹스러웠겠는가. 그 와중에 단 한 사람이라도 자신의 이야기를 귀담아듣는 청중이 있다는 걸 깨닫고 연설자는 속으로 신바람이 났다.

처음엔 워낙 연설자의 말솜씨가 젬병이라 어색하기 짝이 없던 연설 내용이 갈수록 청중들의 귀에 쏙쏙 들어오기 시작했다. 연설자가 자신감을 갖고 이야기를 전개해 가니 지루했던 장내 분위기가 싹 달라진 것이었다. 연설을 마친 후 그 연설자는 처음부터 끝까지 자신의 연설을 경청해 주었던 사람 앞으로 다가와 고마운 마음에 손을 내밀며 악수를 청했다.

이 일은 실제로 있었던 일로 연설자는 모 그룹 고위직 임원이었다. 이 임원은 그날 자신의 유일한 청중이었던 까마득한 후배 직원을 기억해 두었다가 훗날 중요 보직에 추천했다고 한다. 물론 단 한 번 연설의 경청으로 중요 보직을 맡게 되었다고는 말할 수 없겠지만 그날 이후 그룹 임원의 눈에는 매사에 긍정적이고 적극적인 그 사람의 태도가 자주 보였을 것이다.

만약 연설이 있었던 그날, 그룹 임원의 지루하기 짝이 없는 연설을 듣고 있던 말단직원의 마음가짐이 다른 청중들과 똑같았더라면 그 또한 10분 만에 몸을 뒤틀었을 것이다. 그런데 그는 남의 장점 보기를 즐겨 하는 사람이었다.

"이야기를 전개해 나가는 방식이 좀 지루하긴 했지만, 듣다 보면 뭔가 흥미로운 내용이 있을 것 같았어요. 그래 열심히 귀를 기울여봤더니 그분이 얼마나 열심히 연설자료를 준비했는지 그 노고가 느껴지더란 말입니다. 점점 풀어놓는 내용도 우리 같은 신입사원들에게 꼭 필요한 내용이었구요."

이것이 그가 처음부터 끝까지 연설을 경청하게 된 이유였다. 다른 사람들은 별 볼일 없는 이야기로 시간만 질질 끈다고 불평하고 있을 때 그는 연설자의 장점 보기에 성공한 것이다. 그 결과 그날 연설자였던 그룹 임원의 눈에도 평소엔 보이지 않던 그의 존재가 부각되기 시작했던 것이리라.

모든 부하직원들이 꺼리고 싫어하는 상사에게도 한 가지 장점은 있다. 상대방의 그런 장점을 인정하는 순간, 부하직원으로서 받게 될 스트레스는 훨씬 줄어들게 된다. 다른 동료들로부터 따돌림을 받는 동료가 있더라도 나만은 그의 입장을 이해하려고 노력해 보자. 어쩌면 이것은 한 사람의 인생을 구원해 주는 방편이 될 수도 있다. 그는 누구에게도 인정받지 못했기 때문에 마음에 가시가 박힌 것이고, 그로 인해 모든 사람으로부터 따돌림을 받게 되었을지도 모른다.

상대를 진정으로 인정해 주고, 칭찬해 주며, 좋아하는 마음을 가지면 상대도 나를 인정하고, 칭찬하며, 좋아할 수밖에 없다. 그래서 성서는 '누구든지 대접받고자 하는 대로 남을 대접하라' 라고 말하고 있다.

세상의 모든 사람들은 한 가지 이상의 장점을 가지고 있다. 비록 단점이 있다고 할지라도 그 단점을 자세히 살펴보면 단점 가운데에도 배울 것이 있다. 예를 들어 툭하면 부하직원을 닦달하고 질책하는 사람은 대개 목표지향적이며 일에 대한 열정이 있다. 겉보기엔 돈 한푼 안 쓰는 지독한 짠돌이도 자기 관리를 철저히 하며 근검절약하는 좋은 습성을 갖고 있다. 우유부단한 사람은 남에게 싫은소리를 못하기 때문에 동료들이나 부하직원에게 잘 대해주려고 노력한다. 이와 같이 상대방의 장점만 보도록 노력하면 세상에 이해 못할 사람이 없다. 당신은 가능한 주위 사람들에게 다음과 같은 이야기를 자주 해줄 수 있는 사람이 되어야 한다.

"한번 열심히 해보게, 자네라면 잘할 수 있을 거야."

"그 계획은 분명 시도할 가치가 있습니다."

"더 이상 잃을 것이 뭐가 있겠나? 용기를 잃지 말고 도전해 보게."

그러나 이런 말은 가급적 하지 않도록 노력하라.

"그만두는 게 좋을걸? 그러다 자네가 가진 것조차 모두 잃기 전에 말이야."

"자네 능력으로는 힘에 부치는 일이야."

"아직 여건도 안 좋은데 무슨 배짱으로 일을 벌였나?"

이런 말은 기껏 잘해 보려던 사람도 용기를 잃게 만든다. 상대방의 장점을 찾아내는 것도 능력이다. 다른 사람의 장점을 잘 발견하는 사람은 매사에 빛이 되는 사람, 남에게 행복을 주는 사람, 그리하여 자기 자신도 행복해질 수 있는 사람이다.

먼저 오늘 내가 만나야 할 사람을 한 사람씩 머릿속에 그려보자. 그 사람의 미소짓는 얼굴을 생각하자. 그가 가진 장점을 떠올려보고 칭찬의 말을 나지막이 되뇌어 보자. 아울러 오늘의 일과를 끝내고 가정으로 돌아가 가족들에게 줄 칭찬과 격려의 말을 한마디씩 떠올려보자.

당신은 그런 상상을 하는 것만으로도 스스로 큰 부자가 된 것처럼 마음이 풍요로워지는 것을 느낄 것이다. 상대방도 마찬가지다. 당신의 입에서 그를 인정하는 말 한마디가 던져지는 순간, 상대방은 이미 당신 편이 되는 것이다.

# 아랫사람을 최고로 대우하라

"사람들이 그들의 가장 바람직한 모습이 될 수 있도록 도와주어라.
그리고 그들이 이미 가장 바람직한 모습이 된 것처럼 대하라."
– 괴테 Goethe, Johann Wolfgang von

기대가 사람을 키운다. 상대방이 잘할 것을 기대하고 믿어주면 결과가 더 좋아지기 마련이다. 사람은 누구나 인정받고 싶어하는 욕구가 있기 때문에 그렇다. 특히 자신이 좋아하는 사람, 중요하게 여겨지는 사람, 스스로 본받고 싶어하는 상대방으로부터 능력을 인정받을 때 기쁨을 느낀다.

여자들은 사랑하는 사람이 생기면 더욱더 예뻐지려고 노력하고 남자들은 더욱더 믿음직스럽게 보이도록 노력한다. 아이들은 부모에게, 또 교사에게 그런 마음을 갖는다. 조직사회에서도 마찬가지다.

## 부하직원의 기를 살려라

리더의 카리스마는 권위로부터 나오는 게 아니다. 권위만으로는 진정한 지도력을 발휘할 수가 없다. 군자는 자기를 알아주는 사람을 위해 목숨을 바친다고 했다. 아랫사람이 칭찬받을 만한 일을 했을 때 적극적으로 칭찬해 주는 것은 올바른 리더로서의 덕목이다. 물론, 그가 실수하거나 실패할 때도 있다. 그러나 나름대로 열심히 노력했다면 비록 실패했을지라도 그동안의 노고를 격려해 줄 필요가 있다.

최선을 다했다면 그 노력만큼은 인정해 줄 줄 아는 포용력이야말로 조직원들을 올바른 방향으로 이끄는 리더의 카리스마라 할 수 있다. 또한 모든 사람을 최고의 능력을 가진 사람으로 대우해야 한다. 그리고 그들을 소중하게 생각하고 있다는 사실을 느끼게 하고 어려울 때 최선의 도움을 아끼지 않고 맏형 같은 존재가 되어야 그들로부터 마음으로부터 우러나오는 성과물을 창출해 낼 수 있다.

가필드 고등학교 교사 제이미 에스칼렌테는 문제아들을 지도하는데 있어서 탁월한 능력을 가졌다. 이 교사는 자신의 착각에서 비롯된 말 한마디가 한 학생을 놀랍도록 변화시킨 이야기를 글로 남겼다.

에스칼렌테 선생의 학급에는 조니라는 이름을 가진 학생이 두 명 있었다. 한 학생은 A+학점을 받는 조니였으며 또 다른 학생은 F학점을 받는 조니였다. 어느 날 저녁 학부모들 모임이 있었다. 한 어머니가 밝은 표정으로 이렇게 물었다.

"제 아들 조니가 요즘 열심히 공부하나요, 선생님?"

에스칼렌테는 F학점을 받은 조니의 어머니가 그런 질문을 해올 줄은 미처 예상하지 못했다. 선생 또한 밝은 얼굴로 'A+조니'의 성적을 말해 주었다.

다음날 아침 F학점의 조니가 이렇게 말했다.

"선생님 제 어머니께 그렇게 말씀해 주셔서 정말 감사합니다. 이제부턴 정말 열심히 공부하겠습니다. 선생님께서 하신 말씀이 사실이 되도록 말입니다."

선생님과의 약속대로 학기말 'F학점 조니'의 성적은 C+로 올랐다. 그리고 학년말에 가서는 마침내 우등생 리스트에 오르게 되었다. 교사는 단지 학생의 이름을 착각했을 뿐인데 결과는 이토록 엄청나게 달라졌던 것이다.

만일 우리가 다른 사람들을 이런 식으로 대한다면 그들은 자신이 할 수 있는 것 이상의 성과를 올리게 될 것이다. 인디애나폴리스에 있는 한 학교의 교감인 찰리 플루거도 그와 비슷한 경험을 했다.

그는 학생들이 남몰래 선행을 베푸는 모습을 교사가 목격했을 때마다 '난 할 수 있다' 라고 이름 붙인 지폐를 상으로 주게 했다. 길 건너는 노인을 돕는 일, 학교 운동장에 떨어진 휴지를 줍는 일, 칠판을 지우는 일, 또는 새로 전학 온 친구들을 반갑게 맞아주는 일 등의 착한 행동이 눈에 띌 때마다 그들은 '난 할 수 있다' 라고 이름 붙인 지폐를 받게 되었다. 그리고 이 지폐를 100장 모으면 '승리의 티셔츠' 가 주어졌다.

그 결과 이 학교에서는 폭력사건이 한 건도 발생하지 않았다. 마약으로 인해 경찰서에 불려가는 학생 또한 한 명도 나타나지 않았다. 학생들의 학교 성적은 꾸준히 올라갔다. 그 모두가 '난 할 수 있다' 라는 운동에서 나온 성과들이었다. 이 운동으로 인해 학생들은 부모님께 감사하는 마음을 배웠으며 자신들의 사랑을 부모님께 자연스럽게 표현할 줄도 알았다.

반대의 경우도 있다. 고아원에 맡겨진 어린이들에게 교사가 이렇게 물었다.

"다른 사람들이 너를 좋아할 거라고 생각하니, 싫어할 것이라고 생각하니?"

많은 어린이들이 교사의 물음에 "다른 사람은 우릴 싫어해요!" 라고 대답했다. 그동안 "너는 훌륭한 사람이 될 거야", "너는 예쁘고 착한 아이야"라는 이야기를 별로 들어보지 못했기 때문이다. 그 결과 아이들은 스스로 "나는 미운 아이야", "다른 사람들은 다 날 귀찮아 해"라는 부정적인 자화상을 갖게 된 것이다.

스타 데일리는 영국에서 가장 무서운 살인자에다 무장 강도로 악명 높은 인물이다. 그의 어린 시절로 거슬러 올라가면 어째서 그가 이토록 흉악무도한 인간이 되었는지 그 원인을 찾을 수 있다.

초등학교 수업 시간에 교사는 자주 그를 앞으로 나오게 해서는 책을 읽도록 시켰다. 불행하게도 그는 책 읽는 것이 무척 서툴렀다. 게다가 자의식이 강하고 부끄러움을 많이 타는 내성적인 성격이었다. 성격상 잘 해보려고 노력할수록 오히려 크게 실수하는 경우가 많았다. 어느 날 그는 책을 읽어가던 중 아주 곤란한 지경에 처하게 되었다. 갑자기 모르는 단어가 하나 튀어나왔기 때문이었다. 입이 얼어붙은 그는 고개를 푹 숙인 채 얼굴이 홍당무가 되었다. 그러자 교실에 있던 모든 학생들이 웃음을 터뜨렸다. 심지어 그가 도움을 요청하는 눈길을 보낸 교사의 입가에도 조롱의 미소가 서려 있었다.

바로 그 순간 그의 분노가 폭발했다. 어린 스타 데일리는 들고 있던 책을 냅다 교실 벽에 내던지며 문을 박차고 나갔다.

"언젠가는 너희들이 날 무서워하게 될 날이 올 거야! 그리고 날 증오하게 될 거야! 날 보고 이렇게 비웃는 것도 지금이 마지막이 될걸?"

분노에 찬 음성으로 소리치며 교실 밖으로 뛰어나간 소년은 끝내 영국에서 가장 무서운 살인자가 되고 말았다.

아프리카의 어느 부족은 나무가 필요없을 때는 잘라 버리는 것이 아니라 악담을 한다고 한다.

"너는 필요없어, 죽어 버리기나 해."

"너는 정말 보기 싫은 나무야, 네가 도대체 나에게 무슨 이익이 되겠니?"

이런 식으로 한동안 퍼붓다 보면 나무는 어느 틈엔지 잘라낼 필요도 없이 말라죽어 버린다는 것이다.

성경에도 예수가 과실을 맺지 못하는 무화과나무를 보고 저주를 했더니 무화과나무가 말라 버렸다는 내용이 나온다. 부정적인 말의 해악은 이토록 심각한 것이다. 어린아이들도 잘한다 잘한다 하면 더 잘하고 못한다 못한다 하면 더 못된 짓만 골라서 하려고 드는 법이다.

사람이 감정을 가진 동물이라는 단순한 진리를 우리는 곧잘 잊어버리기가 쉽다. 기대가 크면 클수록 잘하라는 격려와 칭찬이 필요하다. 그런데 우리는 칭찬을 하기보다는 오히려 윽박지르고 면박을 주어야만 긴장이 풀리지 않는다고 생각하는 잘못된 편견을 갖고 있다. 직장이라는 조직사회에서도 간혹 이런 식으로 부하직원을 통솔하려는 상사들이 있기 마련이다.

진정한 자극은 본인도 모르는 장점을 일깨워주는 가운데 일어난다. 사람을 몸으로 끌고 가려고 하면 한 시간이면 닿을 수 있는 길도 두세 시간씩 걸릴 수 있다. 그러나 마음으로 이끌면 단 30분이면 충분하다는 사실을 명심하라.

# 항상 최고가 되라

"리더란 갈 수 없다고 생각되는 곳으로 남들을 이끌고 갈 수 있는 사람이다."
- 밥 이튼 Bob Eaton

산에 가면 살아 있는 함성을 느낀다. 소리쳐 외치고 싶은 꿈을 가진 사람들, "나 아직 살아 있다!" 고 세상을 향해 호령하는 수많은 다짐들을 느낀다. 산은 말이 없지만, 그 안에는 오늘을 살아가는 현대인들의 힘찬 기개가, 삶의 의지로 충만한 꿈틀거림이 메아리치고 있다.

산에 오르는 사람들의 목적은 오직 한 가지, 정상에 닿는 것이다. 그들에게 산은 인생의 목표와도 같다. 당장은 힘들고 고단하지만 언젠가는 스스로 도달해야만 하는 삶의 정점, 산은 그런 것이다.

요즘은 주말이 아닌 평일에도 직장 또는 학교별로 원정등반을 떠나는 산악회 회원들의 모습이 종종 눈에 띈다. 정기적으로 등산을 하는 사람의 경우는 다르겠지만 가끔씩 산을 즐기는 사람들은 웬만한 산 정상에 오르기가 보통 힘겨운 게 아니다.

가파른 경사를 한 시간, 두 시간 오르다 보면 땀은 비 오듯 하고 어느새 맥이 빠져 주저앉아 쉬고 싶은 생각이 간절해진다. 그런데도 다른 동료들은 끄떡없이 걷기만 하니 쉬자는 소리를 꺼내기도 민망하다.

나 또한 섣부른 초행길에 이런 식으로 안간힘을 다해 일행을 뒤따라간 경험이 한두 번쯤은 있다. 중간휴식 지점을 향해 열심히 쫓아 올라가 잠시 쉬어가려나 싶으면 "이제 모두 올라왔으니 다시 출발합시다"라고 길을 재촉하는 리더의 독려에 맥이 빠지기도 한다. 겨우겨우 몸을 추슬러 가던 길을 계속 오르려면 "어느 세월에 정상을 오르나." 하는 탄식이 절로 나온다.

그렇지만 그럭저럭 서로 힘을 합쳐 산을 오르다 보면 어느덧 정상이 눈에 보인다. 힘들게 산을 올라 이윽고 정상에 선 기쁨을 어떻게 말로 다 표현할 수 있을까. 첫 번째로 마지막 한발을 내딛는 사람이나 산행 팀 리더의 독려에 힘입어 꼴찌로라도 끝까지 정상에 오른 사람이나 정복했다는 기쁨은 매한가지로 감격스럽기만 하다.

그러나 뭐니뭐니해도 산에 오르는 기쁨을 가장 크게 만끽할 수 있는 비결은 '뒤처지지 않고 앞장서는 것' 이다. 앞장서서 산을 오르면 힘도 덜 들 뿐 아니라 아름다운 자연 경관을 즐길 수 있는 여유로움도 생긴다. 앞서고 있다는 뿌듯함이 육체는 물론 정신적 스트레스까지 말끔히 가시게 한다.

반대로 앞사람들 뒤꿈치만 바라보며 묵묵히 걷다 보면 주변 경관을 즐길 틈도 없이 쉽게 지친다. 남보다 앞서가는 것과 남보다 뒤처지는 것의 어쩔 수 없는 차이이다.

리더가 되는 것은 앞장서서 산을 오르는 것과 비교될 수 있다. 비록 다른 사람들을 이끌어야 한다는 책임감 때문에 어깨가 무겁고, 남보다 더 많은 노력을 해야 그 자리에 설 수 있는 것만은 분명한 사실이지만 앞장서서 남을 이끄는 데 따르는 만족감은 큰 보람이 아닐 수 없다.

리더는 오케스트라의 지휘자와 같다. 지휘자는 주어진 곡을 가지고 전체를 리드하며 자신이 원하는 소리를 만들어 낸다. 각 파트별로 연주 역량을 극대화시키면서도 전체 악단이 조화롭게 하모니를 이루어 최상의 연주를 할 수 있도록 이끌어가는 건 지휘자의 몫이다.

동일한 오케스트라 단원들이 동일한 곡을 연주한다 할지라도 지휘자의 능력에 따라 연주의 수준은 엄청나게 달라진다. 눈빛 한 번만으로도 단원들을 휘어잡아 신들린 듯한 연주를 이끌어내는 지휘자가 있는가 하면 악보와는 전혀 상관없이 되는대로 지휘봉을 흔들어 연주를 망치는 지휘자도 있다.

## 리더십 모델을 제시하라

한 기업을 살리고 죽이는 것도 리더의 역량에 달려 있다. 쓰러져가는 기업을 리더 한 사람의 능력으로 되살려놓은 사례는 국내외를 막론하고 수도 없이 많다. 미국의 자동차 회사 크라이슬러의 리 아이아코카 회장, 통신판매로 기업을 회생시킨 델 컴퓨터의 마이클 델 회장, 불모지에 가까웠던 국내 반도체 산업에 막대한 자금을 투자하여 오늘의 삼성반도체가 있게 한 이병철 회장 등이 그들이다.

삼성반도체는 투자를 검토할 당시 내부의 핵심 브레인조차도 부정적인 시각을 가지고 있었다. 그러나 미래를 내다보는 직관력을 가진 이병철 회장의 의지는 현재 우리나라 수출상품 중 가장 많은 외화를 벌어들이는 품목의 하나로서 반도체 사업을 일으켜 세웠다.

엄밀한 면에서 리더는 조직의 관리자와 구분되는 다음 10가지 차별성을 갖는다.

1_ 리더는 항상 옳은 일을 해야만 한다. 그러나 관리자는 일이 옳게 되도록 만든다.

2_ 리더는 혁명가 스타일이다. 그러나 관리자는 행정가 스타일이다.

3_ 리더는 현재의 사업이나 시스템을 개발하고 개선한다. 그러나 관리자는 현재의 사업이나 시스템을 유지하는데 중점을 둔다.

4_ 리더는 조직원들을 신뢰하고 과감하게 일을 맡긴다. 그러나 관리자는 그들을 통제하고 감독한다.

5_ 리더는 장기적인 비전과 전략을 개발한다. 그러나 관리자는 세부적인 계획과 시간표를 개발한다.

6_ 리더는 위험을 감수하더라도 일을 추진할 수 있다. 그러나 관리자는 최대한 위험을 피해가는 전략을 세워야 한다.

7_ 리더는 조직구성원에게 변화를 고무시킨다. 그러나 관리자는 주어진 기준에 충실히 따르는 것을 원칙으로 한다.

8_ 리더는 미래지향적이다. 그러나 관리자는 현재 상황을 최고 수준으로 끌어올리는 일에 중점을 둔다.

9_ 리더는 장기적인 안목을 가지고 일을 풀어 나간다. 그러나 관리자는 단기적 목표달성에 치중해야 한다.

10_ 리더는 기업의 철학, 핵심가치, 공동목표를 지향한다. 그러나 관리자는 기업의 전술, 시스템 개선에 심혈을 기울인다.

영국의 역사학자 토인비는 리더란 '소수의 문명 창조자' 역할을 담당한다고 했다. 현명한 리더 주위에는 항상 그를 보좌하는 관리자가 있기 마련이다. 기업이나 정치판이나 매한가지다. 리더는 중간 관리자를 잘 만나야 조직을 올바르게 이끌어갈 수 있다. 그러자면 리더 자신이 중간 관리자의 역할 모델을 할 수 있어야 한다. 앞서가는 사람이 제 역할을 하지 못할 때, 그 뒤를 좇아서 정상에 오를 수 있다고 믿는 사람은 없다.

중간 관리자 입장에서도 마찬가지다. 중간 관리자는 자신이 이끌고 있는 조직의 구성원들에게 있어서 거울과도 같은 존재다. 결국 조직이란 이렇게 저렇게 얽힌 사람들이 서로 역할 모델 관계를 형성하면서 발전을 이루는 것이다.

현재 당신이 어떤 위치에 있든 이 한 가지 사실만 잊지 않는다면 미래는 당신을 '소수의 문명 창조자'로 기억할 것이다.

# 행동하기 전에 생각하라

"기록하고 잊어라. 잊을 수 있는 기쁨을 만끽하면서 항상 머리를 창의적으로 쓰는 사람이 성공한다. 그 비결은 바로 메모 습관에 있다."
– 사카토 켄지 坂戶健司

최근 인터넷의 발달과 방송매체의 발달, 그리고 다양한 출판물의 보급은 원하기만 하면 필요한 정보와 지식을 얼마든지 얻을 수 있는 환경을 제공해 준다. 전문분야가 아니더라도 관심만 가지면 전문가 이상의 실력을 갖출 수 있는 방법은 얼마든지 있다.

마치 거미가 거미줄을 쳐놓고 먹이가 걸려들기를 기다리듯이 자신이 필요로 하는 정보를 얻기 위해 주변을 잘 살펴보면 원하는 정보가 사방에 널려 있는 세상에 우리는 살고 있다. 개중에는 지금 당장 활용할 것은 못 되지만 훗날 중요한 몫을 하게 될 정보도 있다. 그런 때를 대비해서 한번 얻은 정보를 잘 보관하는 것도 무척이나 중요한 일이다.

아무리 비상한 두뇌의 소유자라 할지라도 모든 정보를 머릿속에 기억해 둘 수는 없다. 그러므로 습득한 정보를 잘 기록, 보관하기 위해서는 메모를 습관화 할 필요가 있다. 메모를 위한 수첩을 늘 갖고 다니며 관심 있는 분야의 유용한 정보가 발견될 때마다 이를 기록해 두면 나중에 요긴하게 활용할 수가 있다.

아이디어를 그냥 스쳐가게 내버려두면 가치를 만들 수 없다. 시간이 흘러간 뒤에 그것을 되살려내려 애써 봤자 아이디어가 떠오른 최초 순간의 번뜩이는 영감까지 세밀하게 복원시킬 수는 없다. 바로 이런 때를 위해서 메모가 필요한 것이다.

아이디어는 언제 어디서 불쑥 떠오를지 모른다. 밤에 잠을 자다가도 떠오르고, 화장실에서 용변을 보다가도 떠오르고, 책이나 신문을 보다가 떠오를 수도 있다.

미국의 창의력 개발 전문 컨설턴트인 찰스 칙 톰슨 씨는 자신이 주최하는 창의력 워크숍의 참가자를 대상으로 아이디어가 가장 잘 떠오르는 상황에 관해 조사해 보았다.

조사결과

1_ 화장실에 앉아 있을 때

2_ 샤워나 면도를 할 때

3_ 출근할 때

4_ 수면 직전과 직후

5_ 따분하고 지겨운 회의 시간에

6_ 여유 있게 책을 읽을 때

7_ 운동을 할 때

8_ 자다가 불쑥 깨어난 순간

9_ 교회 설교시간에

10_ 육체 노동을 하고 있을 때

아이디어가 제일 많이 떠오른다는 집계가 나왔다.

## 작은 아이디어에서 큰 가치를 창출하라

우리들 각자의 경우도 이와 유사하리라 여겨진다. 메모노트를 군데군데 두고 생각날 때마다 기록하자. 화장실, 응접실, 부엌, 침대 맡에 필기도구를 비치해 두고 외출시에는 항상 주머니나 핸드백에 메모노트를 챙겨 넣는 습관을 들이자.

나는 어딜 가든 메모노트를 늘 지니고 다닌다. 기차 안에서, 비행기 안에서, 전철 안에서, 손님을 만나기 위해 커피숍에 앉아 있을 때 새로운 정보를 발견하거나 아이디어가 떠오르면 수시로 적는다.

기록해 둔 아이디어나 정보는 업무에 요긴하게 활용된다. 개인적으로 재테크를 위한 연구를 하거나, 글을 쓸 때에도 메모는 항상 유용한 정보원 노릇을 한다.

흔히 '머리가 나쁘면 손발이 바쁘다'는 우스개 소리가 있다. 한 분야에서 전문가가 되려면 공부를 많이 해야 하고 충분한 경험이 받쳐줘야 하는 것은 당연한 일이다. 특정한 분야에 관심을 가지게 되면 필요한 정보를 얻으려고 애쓰기 마련이다. 이 과정에서 충분한 지식을 얻게 되고 자신이 얻은 정보를 활용하려는 노력을 통해 경험을 쌓게 된다.

그런데 중요한 정보일수록 신중하게 활용해야만 한다. 전광석화처럼 '반짝' 하고 떠오른 아이디어도 마찬가지다. 행동하기 전에 먼저 생각하라. 예기치 못한 상황의 변화가 일어났을 때 당신이라면 어떻게 하겠는가. 이럴 땐 바로 행동에 옮기지 말고 일단 한 박자 쉬어가는 게 상책이다. 문제가 생기면 가장 적합한 대응 방안을 생각한 후 행동에 옮겨야만 실수가 없다.

어떤 일을 계획했을 때도 마찬가지다. 아이디어가 반짝 떠올랐을 때 좀더 진지하게 생각했더라면 훨씬 좋은 결과가 나타났을 텐데 무조건 행동으로 옮기는 바람에 낭패를 당하는 경우를 자주 본다. 때로는 이런 방식이 예기치 않은 성공을 가져올 수도 있지만 대개의 경우 일단 저질러놓고 보자는 식의 일 처리는 반드시 실패의 원인이 된다.

무슨 일이든 충분한 계획과 전략을 세운 후 행동에 옮기는 차분한 마음가짐이 필요하다.

먼저 계획하고 골똘히 생각하는 습관, 필요한 정보를 발견했을 때 기록하고 재활용하는 습관은 지식의 폭을 넓혀주고 부를 창출하는 데 없어서는 안 될 습관이다. 해마다 신년이면 지난해 다이어리를 정리하고 새 수첩에 전화번호를 옮겨 적으며 새로운 각오를 다지는 사람들이 많다. 자세히 들여다보면 전화번호를 적는 면 외에는 대부분 하얗게 비어 있다.

새해 첫날부터 한 2~3개월은 일정표 외에도 여러 가지 단상이나 아이디어 메모로 가득 찼던 다이어리가 하반기를 지나면서부터는 별다른 기록사항 없이 비워져 있는 경우도 종종 보게 된다. 이런 경우 대개는 메모할 내용이 없어서라기보다는 스스로 긴장이 풀려서 뭐든 적기를 귀찮아하기 때문이다.

메모를 하는 게 귀찮아진 만큼 당신은 아이디어 활용에 무감각한 사람이 될 수 있다. 당신의 하얗게 비워진 메모수첩을 펼쳐 놓고 생각해 보라. 신년초의 그 확고했던 결의는 다 어디로 갔는가?

# 변화에 능동적으로 대응하라

"나는 힘이 센 강자도 아니고, 그렇다고 두뇌가 뛰어난 천재도 아닙니다.
날마다 새롭게 변했을 뿐입니다. 그것이 나의 성공 비결입니다."
- 빌 게이츠 William H. Gates

한 청년이 연못을 헤엄쳐 건너고 있었다. 헤엄치는 청년의 손에는 커다란 돌덩이 하나가 들려져 있었다. 청년은 그렇게 한 손으로는 돌덩이를 들고, 다른 한 손으로는 열심히 물살을 가르면서 앞으로 나아가기 위해 안간힘을 쓰고 있었다.

문제는 청년이 아무리 헤엄쳐 앞으로 나아가려고 해도 돌덩이와 자신의 몸무게 때문에 자꾸만 물 속으로 가라앉는다는 사실이었다. 사람들이 연못 주위에 모여들기 시작했다. 그리고는 허우적거리며 물속으로 빠져 들어가고 있는 청년을 향해 모두들 큰소리로 외쳤다.

"돌덩이를 놔!"

"돌덩이를 놓지 않으면 죽어!"

그러나 청년은 계속해서 돌덩이를 든 채 허우적대더니 다시 물 속 깊이 빠져 들어가 한참 동안을 올라오지 않는 것이다.

다른 한 사람이 더 크게 외쳤다.

"돌덩이를 놓으란 말야, 놓아!"

그래도 놓지 않자 모두들 발을 동동 굴렀다.

"살고 싶으면 제발 돌덩이를 놓으라니까!!"

그러자 청년은 이 한마디를 남기고 물 속으로 영원히 사라져 버렸다.

"그건 안 돼, 이 돌은 내 것이란 말이야!"

사람들은 변화를 두려워한다. 이미 들고 있던 돌덩이를 던져 버리는 것은 연못을 헤엄쳐가는 과정에선 단순한 변화에 불과하다. 이 한 가지 변화만 받아들이면 살 수 있는데도 그것을 거부한다. 기껏 받아들인다 해봤자 공연히 물을 실컷 먹고 죽기 직전까지 가서야 하찮은 돌덩이를 내려놓는 사람도 있다. 대부분 이런 사람들은 자신이 아는 것만이 전부인 줄 알고, 타성에 젖어 하던 일만 하려고 하는 습성이 있다.

변화는 엄연한 시대의 흐름이다. 환경이 변하면 사람도 변해야 한다. 요즘은 기술의 발전속도가 워낙 빠르고 또 시장에서의 요구사항이 시시때때로 변하기 때문에 변화에 무감각한 사람은 살아남을 수 없다. 오늘 경쟁력이 있는 상품이 내일이면 재고로 쌓이는 세상이다. 오늘 아는 것만 가지고 내일을 살려고 하면 뒤처질 수밖에 없다.

## 외부의 피드백을 수용하라

어부는 기상의 변화를 예측하고 적절한 대비책을 강구해야 안전하게 목숨을 보장받을 수 있다. 그들은 일기예보에 귀를 기울인 다음에야 출어出漁를 결정한다. 기상변화를 무시하고 바다로 나갔다가는 큰 변을 당할 수도 있기 때문이다. 어떤 분야에 종사하든 주변의 환경변화를 잘 살펴보고 또 미래의 변화를 제대로 예측할 수 있어야만 살아남을 수 있다.

변화는 우리 주위에서 늘 일어나고 있다. 우리의 몸도 알게 모르게 변화의 과정을 겪는다. 당신도 어느 시점부터 자신의 몸에 변화가 생기고 있음을 깨닫게 되었을 것이다. 사람과의 관계도 마찬가지다.

세상을 살아가는 동안 우리는 많은 사람을 만나 새로운 관계를 형성한다. 그리고 또 언젠가는 한번 맺은 관계를 청산해야 하는 변화의 과정을 경험한다. 기술이 변하고 사회적 환경이 변하고 우리의 직업이 변하고 사는 장소가 바뀌기도 한다.

이렇듯 우리는 늘 새로운 상황과 문제에 부닥치며 이에 적응하며 살아가야 한다. 때론 본인이 원치 않는 변화에 무조건 적응해야 되는 경우도 있다. 모든 변화에는 혼돈이 따른다. 심한 경우 불가피한 출혈을 감내하면서라도 변화를 받아들여야 할 때도 있다.

통계적으로 미국이나 한국의 경우 10년 전 10대 기업의 명단에 들어 있던 기업이 10년 후에도 그대로인 경우가 드물다. 이 정도로 기업경영을 둘러싼 환경의 변화는 급격하다. 지난해 초까지만 해도 하늘을 찌를 것 같던 국내 벤처기업의 사기가 지금은 땅에 떨어진 것만 보아도 격세지감을 느끼지 않을 수 없다.

기업에 속한 각 사업부서의 경우도 마찬가지다. 얼마 전까지만 해도 영업실적 상위 그룹에 속하던 부서가 어느 날 갑자기 다른 부서로 편입되거나 아예 조직 자체가 공중분해되는 원인을 살펴보면 대부분 변화된 환경에 적합하게 대응하지 못했기 때문이다.

최근 일본에서는 개혁을 성공적으로 이끈 두 명의 프랑스인이

화제가 되고 있다. 그중 한 명은 닛산 자동차의 카를로스 곤 사장이고, 다른 한 명은 일본 축구 대표팀의 필립 트루시에 감독이다.

이 두 사람은 전혀 다른 분야에서 일해 왔지만 위기에 처한 조직을 확고하게 일으켜 세웠다는 공통점을 가지고 있다. 닛산의 경우 지난해 봄만 해도 3년 연속 적자를 낸 부실 덩어리였다. '곤' 씨는 사장에 취임하자마자 1년 내에 회사경영 상태를 흑자로 돌려놓지 못하면 사표를 낸다는 배수진을 쳤다. 그리고는 인정사정 두지 않는 구조조정에 나섰다. 공장을 폐쇄하고 인원과 계열사를 잘라내는가 하면 부품업체에 코스트를 줄이도록 다그쳤다.

뼈를 깎는 구조조정 끝에 닛산 자동차는 올해 결산을 앞두고 2500억 엔2조 5천억 원의 흑자가 예상된다는 발표를 했다. 이는 닛산 자동차의 창사이래 최대의 흑자 폭이었다. 1년 반 사이에 일어난 이 기적 같은 일을 두고 일본사회 전체가 술렁거릴 정도였다.

트루시에 감독이 스카우트되어 올 당시 일본 축구도 바닥을 헤매긴 마찬가지였다. 그는 일본축구협회와의 타협을 거부하고 자기 식대로 젊은 선수들을 훈련시켰다. 대표팀 부동의 주전 나나미 선수가 "나도 내일 선발선수 명단에 낀다는 보장이 없다"고 실토할 정도로 철저한 경쟁 시스템이었다. 트루시에 감독이 이끄는 일본 대표팀은 2000년 아시안컵 대회의 우승과 함께 한국과 중국,

나아가서는 중동세까지 떨치고 아시아지역에서 가장 실력이 뛰어난 팀으로 자리를 굳혔다.

두 사람의 개혁의지는 마침내 큰 성과를 올렸다. 그러나 이러한 성과가 있기 전에 반발이 없었던 것은 아니다. 곤은 닛산에서 철저한 구조조정을 감행하며 파괴자로 비난을 받았고 트루시에는 선수들 사이에서 '붉은 귀신' 으로 불렸다. 하지만 이들 두 사람의 개혁 덕분으로 닛산은 경쟁력이 되살아나 사상 최대의 흑자를 기록하게 되었으며 일본축구는 세계적인 수준으로 도약할 수 있었다.

이렇듯 변화와 개혁에는 항상 반발과 저항이 따르게 마련이지만 그것을 극복하고 난 뒤에 얻는 열매는 또한 결코 작지 않다. 마치 폭풍우가 지나가면 자연이 선사하는 가장 아름다운 석양을 볼 수 있는 것처럼 환경의 변화는 늘 새로운 기회와 맞닿아 있다.

미래에 대한 보장은 결코 외부에서 주어지는 것이 아니다. 행복은 현재의 자신을 컨트롤하고 변화를 받아들일 자세가 되어 있는 사람에게만 보장되는 미래상이다. 비록 환경의 강요에 의한 것일지라도 당신은 절대 변화를 두려워하지 말라.

변화를 강요당하는 현실에 처해 있다면 죽기살기로 받아들이고 스스로 변화의 물결에 편승하도록 노력하라. 대비하는 것만이 능사는 아니다. 문제는 얼마나 기민하게, 얼마나 적절한 방법으로 자신에게 닥쳐오는 변화에 대응하느냐 하는 데 있다.

실패 없이는 성공도 없다

[ 인생에 있어 수많은 기회가 우리들 의식의 문을 두드리고 있다. 당신이라면 결코 이 기회를 놓치지 말라. 잡아야 한다. 내가 과연 할 수 있을까 하고 주저하는 시간에 그냥 발을 내딛는 것이다. 기회란 녀석은 몹시 빠른 날개옷을 입고 당신의 눈앞을 지나간다. 당신이 늦었다고 생각하는 순간이 가장 적당한 순간이다. ]

# 고민하지 말고 찾아 나서라

'평온한 바다는 결코 유능한 뱃사람을 만들 수 없다.'
– 영국 속담

"위험에 부닥쳤을 때 절대로 도망치지 말라. 그러면 오히려 위험이 배로 늘어나게 된다. 그러나 결연하게 맞선다면 위험은 반으로 준다. 어떤 일에 부닥치든 결코 먼저 쓰러져선 안 된다."

영국 수상을 지낸 윈스턴 처칠 경의 말이다. 위기를 기회로 둔갑시킬 수 있는 사람만이 무한경쟁에서 살아남는다.

데일 카네기는 "도저히 어떻게 해볼 수도 없는 곤경에 빠졌을 때, 과감하게 그 속으로 뛰어들어 보라. 그러면 불가능하다고 생각했던 일이 가능해진다. 자신의 능력을 신뢰하기만 한다면 무슨 일이든 할 수 있다"라는 명언을 남겼다.

그렇다. 위기가 우리 앞에 닥쳐왔을 때, 도저히 할 수 없다고 하는 절망이 우리 앞을 가로막을 때 우리의 능력 또한 그만큼은 된다고 믿어보자. 열심히 노력하다 보면 새로운 돌파구가 열리기 마련이다. 곤경에 처했을 때 그것은 오히려 새로운 기회를 제공받을 찬스라고 생각하고 과감히 맞서 싸우면 반드시 길이 보인다.

벤처 열풍이 거세게 일던 1999년 많은 대기업 종사자들이 벤처기업으로 빠져 나갔다. 유능한 컴퓨터관련 기술자들은 벤처기업이 원하는 스카우트 대상 1호였다. 내가 몸담고 있는 직장의 경우도 예외는 아니어서 함께 일하던 시스템 엔지니어들 가운데 약 50퍼센트가 회사를 떠났다. 갑자기 핵심 엔지니어들이 빠져 나가니 회사로선 난감한 일이었다.

기술 팀을 맡고 있는 팀장으로서 당장 업무의 공백을 메워야만 하는 처지에 있던 내 입장에서도 보통 난처한 일이 아닐 수 없었다. 오죽하면 회사 일이 염려가 되어 밤에 잠을 자지 못하고 밥맛을 잃을 정도였다. 하지만 그런다고 문제가 해결되는 것은 아니었다.

회사와 협의하여 최대한 빠른 시간 내 신규직원을 채용하고 이들을 훈련하는 데 최선의 노력을 기울였다. 그 결과 약 1년이 지난 지금은 기술력이 예전 수준으로 환원되었고 부서 운영을 위한 경비는 대폭 줄어들었다. 근무 연수가 많은 직원에 비해 신규 직원들의 급료가 상대적으로 약한 탓에 경비절감 요인이 발생한 것이었다. 대신 부서 운영은 훨씬 원활해졌다.

젊은 피가 수혈되니 부서에 활기가 돌고 다들 새로운 각오로 똘똘 뭉치게 되었다. 현재 시점에서 되돌아보면 1999년도 내내 회사 경영을 어렵게 만들었던 중견 엔지니어들의 대거 이직移職은 오히려 인력 리샤프닝re-sharpening의 기회가 되었다.

## 어려운 때를 참고 견뎌라

위기를 기회로 바꾸는 방법은 무슨 일이 닥쳤을 때 겉으로 나타난 현상 너머를 보려고 하는 노력이다. 상상을 단편적으로 보지 말고 복합적으로 해결방안을 찾아간다면 항상 방법은 있기 마련이다.

문제가 닥쳤을 때 대부분 그 해결을 어렵게 만드는 건 근시안적인 접근방법에 있다. 하지만 객관적으로 좀 멀리 떨어져서 문제를 들여다보고 어째서 이런 문제가 생겨났을까, 가장 효과적인 해결방안은 무엇인가, 획기적인 국면 전환 카드는 없겠는가를 고민하면 반드시 방안이 나오게 되어 있다.

위기를 기회로 만드는 또 다른 방안은 평소에 훈련을 많이 쌓는 것이다. 내가 맡고 있는 업무와 관련하여 국내는 물론 국제적으로도 최고가 될 수 있다는 자신감으로 평소에 필요한 자격을 갖추기 위해 꾸준히 노력한 사람은 사막에 가서도 난방기구를 팔 수 있는 사람이다.

북유럽에 가면 '북풍이 바이킹을 만들었다' 는 속담이 있다. 기후가 거칠고 땅이 척박한 북유럽 사람들이 살아 남기 위해 갈 곳은 바다뿐이었다. 그런데 바다에 나가 보니 강한 북풍이 그들을 기다리고 있었다.

하지만 그들은 강한 북풍에도 굴하지 않고 항해하는 법을 배웠다. 뛰어난 항해술을 몸에 익힌 그들은 유럽의 바다를 주름잡았다. 그들이 바로 스칸디나비아 반도를 근거로 아일랜드와 스코틀랜드는 물론 북아메리카 대륙까지 벌벌 떨게 만들었던 무적의 함대 바이킹의 선조들이었다.

많은 사람들은 불편함이 전혀 없는 안전하고 쾌적한 생활, 일상의 평온함만이 인간을 행복하게 만들 것으로 생각하지만 결코 그렇지 않다. 긴장이 없는 생활은 발전을 기대할 수 없다. 그렇게 얻어진 행복의 시효가 얼마나 되겠는가.

오늘 당신이 곤경에 처해 있다면 미래에 투자하는 마음으로 버터나가라. 기껏해야 당신은 남들보다 조금 늦게, 혹은 조금 힘들게 그 길을 가고 있는 것뿐이다.

# 당신의 미래상을 멋지게 그려라

"야심이야말로 부자가 되는 출생증명서다."
- 워렌 버핏 Warren Edward Buffett

사람이 세상을 살아가면서 매사에 자신감을 갖는 것은 대단히 중요한 일이다. 자신이 할 수 있다고 믿고 과감하게 실천해 나가면 할 수 있는 일도 '내가 과연 그 일을 할 수 있을까' 하는 두려움에 주저주저하게 되면 결과는 나쁘게 나타난다.

골프를 할 때 타구를 보내야 하는 방향에 연못이 가로막고 있다고 가정을 해보자. 혹시나 연못에 공을 빠트리지나 않을까 두려워하는 마음으로 공을 치면 반드시 연못에 빠지게 되어 있다. 그러나 공이 연못을 지나 멋지게 페어웨이에 안착할 것이라는 확신을 가지고 자신 있게 공을 치면 적어도 연못에 빠뜨리는 일은 생기지 않는다.

퍼팅을 할 때도 마찬가지다. 아무리 가까운 거리에서 퍼팅을 시도하더라도 과연 내가 이 중요한 퍼팅을 성공시킬 수 있을까 의심하고 주저하는 마음을 떨쳐 버리지 못하면 공은 결국 홀 컵을 벗어나 원하지 않는 방향에 떨어지고 만다. 하지만 공이 멋지게 홀 컵 안으로 빨려 들어가는 모습을 머릿속에 그리며 자신 있게 퍼팅을 하면 성공률이 훨씬 높아진다.

무슨 일을 하든 성공하는 사람들은 모두 할 수 있다는 의지와 자신감으로 가득 차 있는 사람들이다. 매사는 자신이 생각한 대로 이루어지는 법이다. 사람마다 마음속으로 진실되게 느끼고 받아들이는 모든 사고는 무의식의 뿌리를 내리게 되고, 결국에는 행동으로 표출되어 경험이라는 열매를 맺게 된다. 그러므로 되는 것만 생각하라. 좋은 생각은 좋은 열매를 맺고 나쁜 생각은 나쁜 열매를 맺는다.

자신이 유능하다고 생각하면 유능해질 것이고 자신이 무능하다고 생각하면 무능해진다. 유능하다고 하는 생각은 자신이 뭐든 할 수 있다는 암시를 스스로에게 계속 주입시키면서 유능해지려는 노력을 하게 만든다. 그러나 자신이 무능하다는 생각이 잠재의식

속에 박혀 있는 사람은 무슨 일이든 시작도 하기 전에 안 된다는 말이 먼저 나온다.

### 자기의 능력에 확신을 가져라

'나는 부자가 될 것이다' 라고 생각하면 그는 부자가 될 것이고 '나는 가난할 수밖에 없어' 라고 생각하면 가난해질 수밖에 없다. 회사에 입사한 후 5년 동안 내게 맡겨진 일은 컴퓨터를 파는 일이었다. 이 5년 동안 나는 사내에서 컴퓨터 시스템을 가장 많이 파는 최고의 세일즈맨이 되기로 결심했다.

일단 나에게 일이 주어진 이상 그 분야에서 최고가 되리라는 다짐을 수없이 반복하며 매일 거래처 문을 두드렸다. 그 결과 한번도 상위랭킹을 벗어난 적이 없었다. 내가 이런 성과를 올릴 수 있었던 것은 고객이 나에게 사지 않으면 안 되는 이유를 스스로 확신하고 있었고, 또 그러한 열정과 신념을 고객에게 그대로 심어줄 수 있었기 때문이다.

당신 스스로에게 신념을 불어넣어 보라.

'나는 행복할 것이다.'

'나는 부자가 될 것이다.'

'나는 대한민국 최고의 엔지니어가 될 것이다.'

'나는 학생들로부터 가장 존경받은 교사가 될 것이다.'

당신은 당신의 감정과 반응의 지배자이다. 그러므로 당신이 생각하는 대로 인생을 연출하고 당신이 생각하는 대로 삶을 연기하도록 되어 있다. 그리고 언젠가 당신의 연기는 연기가 아닌 실제의 상황으로 변한다.

당신은 생각하는 대로 인생을 꾸려갈 수 있다. 그것이 무엇이든 간에 당신 스스로 진지하게 받아들이고 이루어질 것이라 생각하면 반드시 실현된다.

신념을 지닌 사람은 자신이 꿈꾸는 미래를 구체화시킨다. 그는 실패가 아닌 성공을 위해서 태어났음을, 스스로 승리자의 재능을 타고났음을 깨우친 사람이다. 그러므로 자신이 가진 재능을 개발하고 한 단계 발전시키기 위해 바쁘게 움직인다. 그는 자기 일에 열중하며 스스로 그 일을 즐긴다.

신입사원을 뽑을 때 대부분의 기업에선 매사에 자신감에 차 있고 하고자 하는 의욕과 의지, 열정이 돋보이는 사람을 채용 1순위에 놓는다. 당장은 드러나게 내세울 만한 것이 없다고 할지라도 하겠다고 하는 강한 의지만 있으면 가능성은 충분하다고 판단되기 때문에 그렇다. 일이야 배우면 되는 것이다. 방법을 아무리 잘 알고 있다고 하더라도 해내고야 말겠다고 하는 강한 의지와 불굴의 투지가 없으면 말짱 헛일이다. 성공하기 위해서는 할 수 있다는 자신감을 갖는 것이 첫 번째 자격이고, 실제로 그 신념을 행동으로 옮길 줄 아는 실천력이 두 번째 조건이다.

자신감만 있으면 처음에 몇 번 실패하더라도 반드시 목표를 달성할 수가 있다. 그에게는 할 수 있다는 신념, 해내고야 말겠다는 의지가 있기 때문이다. 방법은 신념과 의지를 갖춘 후에 찾아도 늦지 않다.

영어공부를 잘하겠다는 의지를 가진 사람이 실제로 영어를 잘하려면 먼저 외국인과 자유자재로 이야기를 나누고 싶다는 꿈을 가져야 한다. 그 꿈이 강렬할수록 학습의지는 더더욱 높아진다.

우리가 희망을 갖는 것은 마음속에 간절한 주술을 거는 것과 마찬가지다. 영어를 유창하게 하여 외국인과 자유자재로 의사소통을 함으로써 당신이 얻게 될 여러 가지 이익을 떠올려 보라. 나도 할 수 있다는 자신감을 갖고 밀어붙이는 순간 당신의 꿈과 의지는 그대로 현실이 된다. 발전이 없다고 중도에서 포기하지 말고 내가 목표로 했던 일이 이루어질 때까지 끈기 있게 매달리자. 세상에 인내심만 한 강적은 없다고 했다.

많은 사람들은 자신의 불운을 남의 탓이나 환경 탓으로 돌린다.

따지고 보면 자신이 원하는 삶을 살지 못한 것은 누구의 탓도 아니다. 삶의 주인인 자기 자신이 역할을 제대로 못했기 때문에 행운도 불운으로 변한 경우가 허다하다.

일이 잘 안 된 것은 자신의 목표가 분명하지 못한 탓이며 또한 그 목표를 이루겠다는 의지가 명확하지 않았기 때문이다. 환경은 적응하고 극복해야 할 변수에 불과하다. 환경 때문에 인생을 망쳤다는 건 유감스럽지만 핑계에 불과하다.

스스로 의지만 있으면 기회는 얼마든지 찾아온다. 성공적인 삶을 살았던 모든 사람들에게 훌륭한 환경이 주어졌던 건 아니다. 정치, 사회, 경제, 문화 등 각각의 분야에 일가를 이루었던 사람들의 면면을 생각해 보자. 그들 가운데 역경을 극복하고 불굴의 의지로 성공에 이른 경우는 굳이 예로 들 필요도 없을 것이다.

미국의 유명한 작가 마크 트웨인은 "부는 모든 집의 대문을 두드리지만, 대부분의 사람들은 응접실에서 쓸데없는 수다를 떠느라고 부가 자기 집 대문을 두드렸다는 사실을 깨닫지 못한다"라고 말한다.

인생에 있어 수많은 기회가 우리들 의식의 문을 두드리고 있다. 당신이라면 결코 이 기회를 놓치지 말라. 잡아야 한다. 내가 과연 할 수 있을까 하고 주저하는 시간에 그냥 발을 내딛는 것이다.

기회란 녀석은 몹시 빠른 날개옷을 입고 당신의 눈앞을 지나간다. 당신이 늦었다고 생각하는 순간이 가장 적당한 순간이다.

# 한 번의 성공으로 백 번의 실패를 만회하라

"우리의 잠재의식은 실패를 생각하는 사람은 실패하게 만들고, 성공을 생각하는 사람은 성공하게 만듭니다."
- 나폴레온 힐 Napoleon Hill

지금은 말단직원이라도 사업가 기질을 가진다는 건 무척 중요한 일이다. 부장이나 국장을 목표로 하지 말고 현재 자신이 몸담고 있는 회사의 최고 경영자 입장에서 자신의 업무를 진행하라.

아쉽게도 대부분의 샐러리맨들은 이런 사업가 정신이 부족하다. 어떤 상황이 벌어졌을 때 일의 근본을 따져가며 좀더 발전적인 측면을 생각하기보다는 위에서 시키는 일만 하려고 한다. 보고서만 제출하면 모든 일이 끝난 것으로 생각한다. 이런 자세는 버려야 한다.

상사가 수익극대화가 목표라고 하면 부하직원은 구체적으로 돈을 최대한 많이 벌 수 있는 방법을 생각해야 한다. 돈을 벌 수 있는 전략을 구체적으로 수립하고 수립된 전략에 따라 조직을 만들고 최대한 신속하게 행동에 옮겨야 한다. 수익을 극대화시킬 수 있는 방법을 깊이 생각하다 보면 목표시장 설정에서부터 시장에 맞는 솔루션이나 상품의 개발에서 아웃소싱에 이르기까지 다양한 아이디어가 나올 수 있다.

그러나 대부분 직장생활을 하면서 이렇게까지 깊이 생각하는 사람늘은 드뭍다. 그저 자신에게 할당된 일의 범위 안에서만 매사를 판단하려고 한다. 이런 식의 수동적인 자세로는 사업을 성공시킬 수도 없고 능력 있는 인재로 인정받을 수도 없다.

전 세계적으로 돈을 많이 번 백만장자들을 조사해 보니 두 가지 공통점이 있었다. 그것은 성공에 대한 열정과 거의 집착에 가까운 주의력이었다. 언제든 성공의 샴페인을 터트릴 준비가 되어 있는 사람들의 특징이다.

보통 사람들은 쓸모없는 잡념 따위로 많은 시간을 허비하는 경우가 많다. 이것이 습관화되면 시간을 무의식적으로 흘려보내는 날들이 점점 많아지고 결국은 성공과는 담을 쌓게 되는 것이다.

보통의 사람들은 위에서 시키는 일만 하고 1년에 수백 시간을 텔레비전 앞에서 보낸다. 반면 백만장자들은 항상 자신의 분명한 목표를 이루기 위한 방법을 골똘히 생각하느라 때때로 먹고 자는 일에 무감각해지기도 한다. 그들은 습관적으로 스스로의 삶을 향상시킬 방법에 골몰하는 사람들이고 결과적으로 삶의 최고봉에 오른 사람들이다.

### 자신의 배짱을 믿어라

내가 아는 한 여성 사업가는 50대 초반의 나이에 20억이나 되는 돈을 투자하여 식당을 차렸다. 주변에선 여자 혼자 몸으로 그렇게 많은 돈을 투자하여 장사를 시작했다는 것만으로도 기대 반 우려 반의 눈길을 보냈다.

그런데 이 분은 식당을 개업한 지 얼마 되지도 않아서 또 다른 식당을 인수하여 다시 한번 사람들을 놀라게 했다. 이번에도 역시 20억을 투자하여 기존의 영업집을 인수했다는 것이다. 대부분 하는 소리가 어떻게 한두 푼도 아닌 40억이나 되는 돈을 그렇게 겁도 없이 투자하느냐는 걱정들뿐이었다. 아무래도 무모한 결정이라는 거였다.

어떤 사람은 여자가 간도 크다며 대놓고 비웃기도 했다. 그러나

이 배짱 좋은 여사장님은 주위 사람들의 수근거림이 말 그대로 기우였음을 확실히 증명해 주었다. 사업수완이 어찌나 좋은지 개업한 지 몇 달 만에 두 군데의 식당은 말 그대로 문전성시를 이루고 있다.

식당에 투자하기 전에 여사장님은 전국의 유명식당, 즉 장사가 잘된다는 식당이란 식당은 모조리 찾아다니며 그 성공비결을 조사하고 다녔다. 결심을 실행에 옮기기 전에 사업을 성공시키기 위한 요건들을 면밀히 분석한 것이다.

위치는 어떤 사리가 좋고, 주방관리는 어떻게 해야 하며, 손님들이 좋아하는 맛있는 음식을 만들어 낼 수 있는 비결이 무엇인지 일일이 조사하고 다녔다. 그렇게 몇 달 동안 전국에 안 다녀 본 곳이 없을 정도로, 발이 부르트도록 현장조사를 한 끝에 나온 결론이 '나도 식당을 하면 성공할 수 있다' 고 하는 자신감이었다. 그 결과 지금은 한달 수익이 수억 원 대에 달하는 알짜배기 사업가로 변신한 것이다.

이렇게 수완 좋은 여사장님 하는 말이 요즘은 "돈 되는 곳이 눈에 훤히 보인다"고 한다. 그녀의 성공비결은 무엇보다 목표가 분명하고, 그 목표를 이루기 위한 방법을 골똘히 생각했기 때문이다.

하겠다는 의지가 분명하면 백 번 실패를 하더라도 한번만 성공하면 백 번의 실패를 만회할 수 있다. 성공을 원하면 성공할 것이라는 분명한 믿음을 가져야 한다. 이것이 가장 간단한 성공의 법칙이다.

당신이라고 못할 것이 없다. 꿈을 가지고 생각을 행동에 옮기다 보면 반드시 원하는 것을 이룰 수 있다. 중요한 건 꿈을 행동에 옮기는 추진력이다. 백만장자 중에 언젠가 성공할 것이라는 확신이 없이 부자가 된 경우는 없다.

혹시나 하는 두려움을 제거하고 생각을 행동으로 옮기자. 그것만이 불가능한 것처럼 보였던 일을 가능하게 만든다. 된다고 믿으면 안 될 일이 없다고 생각하라. 당신의 인생을 풍요롭게 만드는 건 오직 열정뿐이다.

# 성공도 계획이다

"계획을 세우지 않는 것은 실패할 계획을 세우는 것과 같다."
– 벤자민 프랭클린 Benjamin Franklin

성공도 계획이다. 벤자민 플랭클린은 "계획을 세우지 않는 것은 실패할 계획을 세우는 것과 같다"라고 말한다. 사람들이 성공하지 못하는 이유는 무능해서가 아니라 계획 없이 살아가기 때문이다.

무계획은 사람을 무기력하게 만들고, 무기력은 될 대로 되라는 식의 악순환으로 이어진다. 이렇듯 원칙 없는 삶이야말로 자신을 실패자로 만드는 가장 빠른 지름길이다. 하지만 이렇게 낙오된 인생이 다시 성공의 대열에 합류하기 위한 방법 또한 너무나 간단하다.

다시 한번 마음을 단단히 다져먹고 성공의 계획을 세우는 것이다. 발사대에 고정된 포탄이 앞으로 나아가 표적을 명중시키기 위해서는 방아쇠를 당겨주어야 한다. 지금이라도 인생의 뒷줄에서 뛰쳐나와 풍요로운 삶을 살기 원한다면 계획이라는 포탄을 장전하고 행동의 방아쇠를 당겨야 한다.

고향 선배인 손길식 형은 지금으로부터 십여 년 전 도시 근교에 땅 몇 백 평을 임대하여 축산업을 시작했다. 처음엔 송아지 일곱 마리로 시작했지만 지금은 젖소 70여 마리를 키우는 부농으로 자리잡았다. 뿐만 아니라 도심 대로변에 상가건물을 한 채 사들이고 1,600평이나 되는 요지를 소유한 선배를 주위에선 알짜배기 땅부자라고 부른다. 트랙터, 콤바인 등 첨단 농기구까지 빠짐없이 갖춘 그는 요즘 농사짓는 재미에 푹 빠져 산다고 했다.

그가 이룬 결실은 전적으로 자신의 땀과 노력으로 일군 것이기에 더욱 값진 것이다. 선배의 성공 비결은 부지런함과 근면함이다. 그는 남들이 곤히 잠든 새벽부터 소먹이를 주고 자신이 가진 트랙터, 콤바인 등을 이용하여 읍내 농사일도 맡아서 한다. 기계를 잘 다루어 읍내 농사짓는 사람들이 돈을 주고 일을 맡기기 때문이다. 티끌 모아 태산이라고 십여 년 동안 이렇게 한푼 두 푼 모은 돈이 큰 재산이 되었다.

## 꿈을 실현하기 위한 세부 계획을 세워라

미국의 자동차 왕 헨리 포드는 충분한 교육을 받지는 못했지만 남다른 비전을 갖고 있는 인물이었다. 그가 V-8 엔진 제작이 가능하다고 생각했을 때 엔지니어들은 한결같이 무모한 아이디어라며 비웃었다. 그러면서도 사장인 포드가 시키는 일이었기 때문에 엔지니어들은 그 일이 불가능하다고는 말하지 못했다.

일단 계획대로 일을 추진하기는 하되 엔지니어들은 그 일에 온 열의를 쏟아붓지는 않았다. 모두들 불가능을 전제로 일을 시작했기 때문이었다. 예상대로 결과는 신통치가 못했다.

포드는 엔지니어들에게 더욱 심혈을 기울여 줄 것을 요구했다. 그들은 사장이 요구하는 대로 일을 다시 진행했다. 결과는 마찬가지로 불가능 그 자체였다.

마침내 몇몇 엔지니어들은 그 일이 애초부터 불가능한 일이었다며 계획을 백지화시켜야 한다고 주장했다. 그러나 포드는 결코 뜻을 굽히지 않았다. 그는 무슨 일이 있어도 V-8 엔진만은 꼭 만들어 내야 한다고 다시 한번 그들을 다그쳤다. 이럴 때 포드 사장은 전에 없이 흥분하는 모습이 꼭 미친 사람 같았다.

사장이 이렇게까지 나오자 엔지니어들은 드디어 마음을 고쳐먹었다. 그들은 새로운 열정으로 최선을 다해 일에 매달렸다. 그 결과 포드 사장이 그토록 염원하던 V-8 엔진 생산이 실현된 것이었다.

성공成功이라는 단어는 한자어로 이룰 성成, 공로 공功, 즉 공을 이룬다는 뜻이다. 여기서 말하는 공이란 작든 크든 최선을 다해 뜻을 이루는 것이다. 원대한 포부를 정직하게 실현시켜 나가는 것도 공을 쌓는 것이고, 작게나마 차근차근 성과를 쌓아가는 공도 공이다. 설사 결과물이 크지 않아도, 또 남들이 알아주는 것이 아니어도 좋다. 나 스스로 무엇인가를 이루어가는 것도 공을 쌓는 것이다. 예를 들어 피아노를 열심히 연습한다고 해서 꼭 피아니스트가 되어야 한다는 법은 없다. 무슨 대단한 콩쿠르에 입상을 하거나 연주회를 갖지 않아도 좋다. 자신이 좋아하는 곡을 꾸준히 연습하여 주위 사람들을 즐겁게 해주기만 해도 공을 이룬 것이라 할 수 있다.

달리기를 시작하여 5km든 10km든 꾸준히 달리다 보면 마라톤의 풀 코스를 완주하고 싶다는 꿈을 갖게 된다. 이럴 땐 1등이라도 좋고 꼴찌라도 상관없다. 뭐든 열심히 전력을 기울였다면 결과야 아무래도 좋다. 무엇이든 자신을 만족시킬 수 있는 일이라면 '마니아'가 되어도 좋다.

비록 남들은 하찮게 여기는 일이라도 스스로 행복하게 몰두할 수 있는 일을 갖는다는 건 보람 있는 일이다. 더구나 그러한 보람을 통해서 자신의 능력이나 기술, 또는 지식을 발전시킬 수 있다면 그보다 좋은 일이 어디 있겠는가.

# 성공을 위한 여섯 가지 자질

"자원을 가장 많이 가진 사람이 승리하는 것은 아니다. 자원을 가장 효과적으로 이용하는 사람이 승자가 된다."
- 척 나이트 Chuck Knight

어떤 사회에서든 성공한 사람이 되기 위해 필요한 자질을 정리한다면 알파벳 A B C D E F로 시작하는 다음 여섯 단어로 요약할 수 있다.

### 1. A는 행동을 뜻하는 Aggressive의 A

직장에서 어떤 일이 주어졌을 때 그것을 해결하는 방식을 보면 대개 세 부류의 직장인들로 나뉘어진다.

며칠씩 밤을 새며 악착같이 달라붙어 멋지게 마무리하는 직원이 있는가 하면, 해야 할 일을 차일피일 미루다가 마감시간이 임박해서야 하는 시늉만 하고 별 내용도 없이 일을 끝내는 직원들이 있다. 또 어떤 사람은 충분히 할 수 있는 일인데 해보지도 않고 포기한다. 실패에 대한 두려움과 자신감 부족 때문이다. 이런 사람에겐 발전이 있을 수 없고 새로운 도전이란 것도 불가능하다.

성공이란 무엇보다도 'Bite to death', 즉 한번 물면 상대가 지쳐 쓰러질 때까지 끝까지 물고 늘어져 기어이 끝장을 보고 마는 행동력이 밑받침되어야 한다.

### 2. B는 균형감각을 뜻하는 Balanced의 B

균형감각이 있는 사람은 감정에 치우쳐 일을 처리하지 않는다. 사리분별이 분명하고, 공公과 사私를 구분할 줄 아는 사람이다. 분석적 사고로 냉철한 의사결정을 한다. 어떤 사안이나 사물을 볼 때 섣불리 판단하지 않는다. 한 면만 보고 전체를 판단하는 것이 아니라 영향을 미칠 수 있는 변수들을 고려하여 종합적으로 판단한다. 그렇다고 의사결정이나 생각을 행동으로 옮기는 데 많은 시간을 소모하지는 않는다. 타이밍의 중요성을 알기 때문이다.

### 3. C는 협동을 뜻하는 Cooperative의 C

어떤 사회에서건 독불장군은 결코 성공할 수 없다. 우리가 살아가는 사회는 수많은 관계들로 이루어져 있다. 납품업체, 협력업체, 주주, 종업원, 상사, 부하, 동료 등 무수한 관계들이 존재하고 있다. 이러한 관계들 속에서 협력을 이끌어내지 않으면 낙오자가 되는 수밖에 없다. 자기만 잘났다고 독불장군처럼 행동하거나, 세상이 변하는데 나만 변하지 않고 있으면서 내가 하는 대로 모든 것을 따르라는 식의 사고와 행동은 용납될 수 없다. 이런 성격의 사람은 반드시 실패한다.

원만한 인간관계를 유지하기 위해서는 먼저 나와 남이 다르다는 사실을 인정할 줄 알아야 한다. 그 다름을 인정하지 않은 채 내 주장만 고집해서는 결코 남의 도움을 이끌어낼 수도, 남을 도울 수도 없다. 나와 다른 남을 인정하는 상태에서 자신의 생각을 충분히 설명하고 납득시킬 수 있는 지혜가 필요하다. 협조적이지 못한 사람은 결코 조직생활에서 성공할 수 없다.

### 4. D는 강력한 의지를 뜻하는 Determined의 D

의지가 없이 결코 새로운 역사를 이룰 수 없다. 한때 허준이라는 역사상의 인물이 우리 사회의 새로운 인간상으로 부각되었던 근본 원인은 그가 일관되게 자신의 뜻을 이루어갔다는 점 때문이었다.

에이브러햄 링컨, 토마스 에디슨, 존 밀턴, 도산 안창호, 백범

김구 등도 마찬가지였다. 목표를 향해 나아가는 데 그들에게 타협이란 있을 수 없다. 오직 전진만이 있을 뿐이다.

### 5. E는 Energetic의 E

정력적이라는 뜻이다. 성공한 사람들이 원래부터 그렇게 태어난 것은 아니었다. 사람은 누구나 남 모르는 약점이 있기 마련이다. 성공한 사람들은 대부분 품은 뜻이 높고 크며 의지가 강했기 때문에 그러한 약점을 극복하고 자신이 원하는 생을 개척해 나간 사람들이다.

레오나르도 다빈치, 미켈란젤로, 나폴레옹, 베토벤, 존 뉴턴, 토마스 에디슨, 윈스턴 처칠은 지독한 열등감의 소유자였다. 그러나 그들은 열등감 때문에 자포자기라는 자기 함정으로부터 헤어나지 못한 사람들이 아니었다. 오히려 그 열등한 부분을 만회하기 위하여 자신이 잘하는 부분에 집중적인 에너지를 쏟아부은 결과 인류의 역사에 큰 족적을 남겼다.

### 6. F는 유연성을 뜻하는 Flexible의 F

버드나무는 쉽게 부러지지 않는다. 유연한 사고방식을 가진 사람은 살아가면서 어려운 시련이 닥쳐와도 결코 쓰러지지 않고 이를 잘 이겨낸다. 직장생활을 하며 까다로운 상사를 만나더라도 그를 통해 하나라도 더 배우려고 노력한다. 상사를 인간적으로 미워하거나 꼴보기 싫다고 담을 쌓고 사는 일도 없다. 오히려 그 장점을 발견해 내려 애쓴다.

이상 여섯 가지가 성공적인 삶을 살아가는 데 필수적인 자질이다. 그중에서도 특히 유연한 사고방식을 갖는다는 건 다른 다섯 가지 조건을 폭넓게 아우를 수 있는 중요한 덕목이다. 조직생활을 원만하게 하기 위해선 상사가 특히 자신을 못마땅하게 대해도 곰곰이 그 이유를 생각하고 자신이 해야 할 일을 찾아서 하는 사람, 고정관념에 사로잡혀 자기 방법만 고집하는 것이 아니라 다른 사람의 조언을 적극적으로 벤치마킹 하여 새로운 것을 창조해 내는 사람, 자기 주관이 분명하면서도 필요할 때는 상대와 타협할 줄 아는 유연한 사고방식을 가진 사람이 되어야 한다.

이는 결코 어려운 일이 아니다. 유연한 사고방식은 우리 모두의 내면에 잠재해 있는 무한한 가능성이기도 하다. 그러니 당신들도 성공할 준비는 이미 되어 있다.

이제 당신의 내면 가득 들어차 있는 그 무한한 가능성을 캐내기만 하면 되는 것이다.

# 당신은 시간당 얼마짜리 인간인가

"변명 중에서도 가장 어리석고 못난 변명은 시간이 없어서… 라는 변명이다."
– 토마스 에디슨 Thomas Alva Edison

이 세상에서 가장 가치 있는 것이 무엇이냐고 물으면 혹자는 돈이 가장 가치 있는 것이라고 말할 것이고, 또 어떤 사람은 건강이라고 말할 것이다.

그 밖에도 여러 가지 대답이 나올 수 있다. 어떤 사람은 권력이 가장 가치 있는 것이라고 말할 것이고, 또 다른 사람은 명예가 가장 가치 있는 것이라고 말할 것이다. 종교 지도자는 신앙을 최우선으로 칠 것이고, 누군가는 바로 자기 자신이라고 말할지도 모른다.

하지만 누가 나에게 세상에서 가장 가치 있는 것이 무엇이냐고 묻는다면 그것은 시간이라고 감히 대답하고 싶다. 왜냐하면 부와 건강, 권력과 명예, 신앙, 심지어 생명조차도 그것을 누릴 수 있는 시간이 없다면 아무 소용이 없는 것이기 때문이다.

시간만 허락된다면 자신의 노력 여하에 따라서 원하는 걸 모두 내 것으로 만들 수도 있다.

'단 오분의 시간이라도 의미 없이 보내지 말자.'

대학시절부터 나는 이 말을 제일 가는 생활신조로 삼았다. 나름대로는 지금껏 하루 생활 가운데 단 5분의 시간도 의미 없이 쓰지 않기 위해 노력하며 살아왔다.

회사생활이든, 개인생활이든 쓸데없는 일에 시간을 허비하지 않는다. 계획적으로 시간을 쓰려고 노력한다. 그렇다고 쉬지 않는 것은 결코 아니다. 어쩌면 다른 사람의 경우보다 더 많은 휴식 시간을 갖는다고 할 수도 있다. 분명한 것은 놀더라도 보람을 느낄 수 있게, 충분한 휴식을 취하며 보다 의미 있는 재충전의 시간을 가지려고 노력한다는 점이다.

우리 회사 과장급 직원들은 컴퓨터 유닉스 시스템 엔지니어로서 시간당 단가가 최소 5만 원 수준은 넘는다. 그래서 나는 특히 과장급 이상의 직원들이 지방 출장을 다녀올 일이 생기면 비행기를 이용할 것을 권한다. 시간이 곧 돈이니까!

그들이 연간 벌어들이는 돈을 따져보면 버스나 기차보다는 비행기로 출장을 다니는 것이 훨씬 경제적이라는 계산이 나온다. 바쁘게 뛰는 만큼 수익이 올라가는 일이기 때문이다.

## 시간 관리의 달인이 되라

자신의 가치는 스스로 만들어 가야만 한다. 자신의 노력에 대해 시간당 부가가치를 높이려면 그만큼 돈 되는 일을 해야 한다. 변호사나 의사들만 돈 되는 일을 하는 건 아니다. '적어도 이 방면에선 아무개가 최고다' 라고 하는 자신만의 전문분야를 통해 인정받을 수 있으면 그게 바로 자신의 부가가치를 높이는 '돈 되는 일' 이다.

직장생활을 하는 사람의 경우에도 노력 여하에 따라 자신의 가치를 얼마든지 높일 수 있는 방법이 있다. 문제는 생각이 있느냐 없느냐에 달렸다. 생각을 실행에 옮기는 순간부터 당신의 부가가치는 상승세를 탈 준비를 하게 되는 것이다.

하루에 적어도 한 시간은 당신이 맡은 업무의 지식을 넓히는 데 사용하도록 하자. 전문지를 읽거나 세미나에 참석하거나 야간대학에 등록을 하는 것도 좋은 방법이다. 그리고 하루에 10분 정도는 다음날의 계획을 세우는 데 쓰자. 아침에 일어나면 그날의 계획을 점검하고 퇴근 후에는 하루의 일과를 돌아보는 것을 잊지 말자.

내가 가진 시간을 유용하게 쓰는 사람만이 자신의 가치를 높일 수 있다. 의미 없이 보내는 시간은 죽은 시간이나 마찬가지다. 하루하루 시간이나 때우는 식의 삶은 얼마나 무의미한가.

한 조사결과에 의하면 평범한 사람들은 하루에 7시간씩 TV를 본다고 한다. 그러나 이른바 오피니언 리더급에 속하는 사람들 중 50%는 하루에 1시간 미만으로 TV를 시청하며 그중 20%는 전혀 보지 않는다고 한다.

당신이 일년에 벌고 싶은 돈이 얼마인지를 생각해 보라. 그러면 당신 스스로 노력하는 일에 대한 시간당 가치가 얼마나 되는지를 계산할 수 있을 것이다. 우리 회사 과장들의 경우를 예로 들어보겠다.

그들이 한 사람당 회사로 벌어들이는 돈은 연간 2억 원 가량이 된다. 과장 한 사람이 일하는 시간을 계산해 보면 일주일에 40시간, 이를 일년 52주로 곱하면 약 2천 시간쯤 된다. 2억 원을 2천 시간으로 나누면 시간당 10만 원이 나온다.

결국 과장 한 사람의 시간당 단가는 10만 원이 되는 셈이다. 시간당 단가가 10만 원인 사람은 그 단가에 걸맞는 일을 해야 하며 또 그럴 만한 능력을 갖고 있어야 한다. 상사라면 그가 지금 하고 있는 일이 시간당 10만 원의 가치에 못 미치는 일이라면 다른 사람에게 그 일을 맡길 줄 아는 용단도 필요하다.

시간당 10만 원의 일을 해야 할 사람이 시간당 만 원짜리 일로 자신의 에너지를 낭비한다면 스스로 자신의 상품 가치를 십분의 일로 전락시키는 격이다. 미국 프로야구에서 활약하고 있는 박찬호 선수의 경우도 좋은 예가 될 수 있다.

박찬호 선수가 연간 10승을 올렸을 때와 20승을 올렸을 때의 연봉 차이는 엄청나게 달라진다. 프로의 세계는 냉혹하다. 만약 그가 예년에 비해 저조한 실적을 올렸다면 연봉협상은 자연 하향 곡선을 그릴 수밖에 없게 된다. 심한 경우 아예 퇴출의 위험도 감수해야만 한다. 프로야구 투수로서의 본질 가치는 그가 시즌 몇 승을 기록했는가에 따라서 결정되는 것이기 때문이다.

그러므로 박 선수는 자신의 본질 가치인 투수로서의 능력을 올리는 데 집중적으로 시간을 쓴다. 아직 놀기 좋아하는 혈기왕성한 젊은 나이지만 다른 일에 시간을 쓰다 보면 그동안 쌓아올린 자신의 가치가 떨어질 수밖에 없다는 걸 그 자신 누구보다 잘 알고 있기 때문이다.

한 선배로부터 이런 이야기를 들었다. 자신의 나이가 현재 53

세인데 70세까지 산다 라고 가정했을 때 앞으로 살 수 있는 날이 17년밖에 남지 않았다는 것이다.

"17년 전을 가만히 돌아보면 엊그제 같은데 앞으로 남은 인생이 17년밖에 남지 않았으니 이젠 더 이상 허송세월할 수가 없게 되었어."

선배는 이 말을 하면서 문득 결연한 표정을 지었다. 물론 선배가 70세까지만 살리라고는 생각지 않는다. 70세 아니라 80세, 혹은 그보다 더 오래 살 수도 있을 것이다.

하지만 70세가 넘으면 다리에 힘이 없어 하고 싶은 일 마음껏 하면서 왕성하게 활동할 수가 없으니 70세 이후의 인생은 그저 하루하루 연명하는 것에 불과하다는 선배의 말은 사뭇 의미심장한 구석이 있었다.

아직 젊다고 자부하는 나 역시 지금까지 살아온 날보다는 앞으로 살아갈 날이 적을 수도 있겠다는 생각을 해보았다. 사회 초년병들에게는 이 말이 결코 실감이 나지 않을 것이다. 하지만 언제 우리의 목숨이 다할지는 누구도 알 수 없는 노릇이다. 우리에게 주어진 시간이 결코 영원한 것도 아니다.

인생의 정점에서 당신은 자신의 시간당 가치를 어느 정도나 높일 수 있다고 생각하는가? 노력에는 때가 있는 법이다. 할 수 있을 때 최대한 당신의 부가가치를 올리도록 노력하라. 단 1분의 시간일망정 소중히 여기는 것도 그중 한 가지 방법이다

# 괴로운 일은 반드시 지나간다

"나는 실패를 두려워하지 않는다. 다만 '그냥 있어, 네가 바로 정상에 있는 사람이니까.'
내 가슴을 두근거리게 하며 내 안의 엔진을 서서히 식게 하는 이런 말이 두려울 뿐이다."
– 조지 패튼 George S. Patton

실패는 길가에 박힌 돌부리와 같다. 돌부리에 걸려 넘어지면 툴툴 털고 일어나면 그만이듯이 실패를 경험했을 때 역시 툴툴 털고 일어나면 된다. 이것도 하나의 경험에 불과하다.

하찮은 경험 따위로 발목 잡히지 않도록 자신을 단속하라. 실패는 한낱 찻잔 속의 폭풍일 뿐이다. 실패의 순간은 반드시 지나간다. 실패로 인해 자신을 손상시키는 일이 있어서는 안 된다.

실패는 부단한 노력을 의미할 따름이다. 또 다른 기회를 제공하는 역전의 순간이 될 수도 있다. 때문에 실패는 부정적인 것이 아니라 긍정적인 것이다. 실패는 인생의 계급장을 한 계급 특진시키는 계기가 되기도 한다.

실패는 최종 결과물이 아니며 더더욱 인생의 장애물이 될 수는 없다. 실패는 하나의 디딤돌이다. 이 언짢은 상황을 어떻게 대응하느냐에 따라 우리의 미래가 달라진다.

## 실패를 기회로 활용하라

2001년 호주 오픈 테니스 선수권 대회에서 친구이자 연습 파트너인 린지 데번포트Lindsay Davenport를 꺾고 결승에 진출한 제니퍼 카프리아티Jennifer Capriati는 한때 미국 테니스계의 신데렐라였다. 14세 때인 1990년 프랑스 오픈 준결승에 올랐으며 이듬해(1991) 윔블던과 US 오픈의 준결승에 진출, 세계 랭킹 6위까지 뛰어올랐다.

1992년 바르셀로나 올림픽에서는 당시 세계 테니스계의 여제女帝 슈테피 그라프를 꺾고 금메달을 차지하여 또 한 번 세계를 놀라게 했다. 그러나 불행하게도 이 선수는 어린 나이에 세계적인 스포트라이트를 받으며 정상에 섰다는 부담감 때문에 마약을 복용하기 시작했다. 급격하게 몸이 망가지기 시작한 그녀는 1994년 이후 3년 동안 테니스계를 떠나야 했다.

카프리아티는 마약복용과 절도죄로 체포되는 등 계속되는 방황으로 팬들을 실망시켰고 심각한 비만으로 더 이상 운동을 계속하기란 불가능해 보였다. 그러나 그녀는 자신과의 필사적인 싸움 끝에 테니스계로 다시 복귀하는 데 성공한다.

한때 세계 랭킹 2백 27위까지 떨어졌던 자신의 랭킹을 14위까지 끌어올렸으며 작년 1월 그랜드 슬램 대회 중 하나인 호주 오픈 결승에서 마르티나 힝기스를 누르고 정상을 차지하게 된 것이다. 만약 카프리아티 스스로가 마약복용이라는 사슬에서 벗어나 재기하려는 노력을 하지 않았더라면 세계 무대에서 영영 잊혀질 수밖에 없는 처지였다. 어쩌면 그녀는 비운의 깜짝 스타로 생을 마감할 수도 있었을 것이다. 하지만 그녀는 실패와 방황, 좌절을 떨쳐 버리고 다시 일어나 세계인들에게 인간승리의 드라마를 보여주었다.

지난해 세상을 떠난 운보 김기창 화백 역시 역경을 극복한 의지의 한국인이었다. 그는 일곱 살 때 장티푸스로 청력을 잃어 평생을 듣지 못한 채 살아야 했다. 베토벤도 청각장애자였지만 삶의 후반부에 일어난 일이었고 화가 고야 역시 그랬다.

하지만 이른 나이에 장애자가 된 운보는 결코 운명에 굴하지 않고 〈청록산수〉, 〈바보산수〉로 이름 붙여진 그만의 독특한 작품세계를 열어갔다. 평소에 헬렌 켈러를 존경했다는 선생은 농아들에게 끝없이 관심을 기울이고 그들의 복지를 위해 앞장섰던 분이기도 하다.

온갖 역경을 무릅쓰고 꺼지지 않는 활력으로 창작활동에 임했던 선생은 명실상부한 한국 화단의 거목이요, 아울러 선생의 삶은 수백만 장애인들에게 희망 그 자체였다.

실패는 위대한 스승이지 인생의 장의사가 아니다. "불가능해"라는 말은 "다시 한번 시도해야 돼"와 같은 말이다. 장애물이 나타나더라도 목표 지점에 이르기 위한 결심만은 바꾸지 말아야 한다. 다만 그 지점에 이르는 방향, 가는 길만 살짝 바꾸면 된다. 목표를 이루겠다는 의지만 분명하다면 실패란 성공으로 가는 과정에 불과하다.

운명은 결코 처음부터 결정지어지는 것이 아니다. 운명은 소망의 크기에 따라, 소망의 확실성에 따라 결정된다. 나이팅게일은 심한 우울증에 시달리면서도 전쟁터에 나가 부상병들을 돌봐주며 오늘날 박애정신의 표상이 되었다. 그녀는 자신이 삶의 구렁텅이에 빠져 있는 것을 간과하지 않았고 그것을 극복하기 위해 필사적으로 남을 도왔다. 그녀는 전장에서 피 흘리는 병사들을 돕는 가운데 구렁텅이에 빠진 자신의 인생을 환한 빛 가운데로 끌어올린 승리자였다.

누구나 크고 작은 실패를 경험한다. 이럴 때 스스로 좌절하고 넘어져 버리면 그것으로 끝이다. '이제 끝이야' 라는 생각이 들 때 다시 한번 부딪혀 보자. 어제는 지난밤으로 끝이 났으며 오늘은 어제와 다른 새로운 날이다.

조지 패튼은 이렇게 말한다. "나는 실패를 두려워하지 않는다. 다만 '그냥 있어, 네가 바로 정상에 있는 사람이니까.' 내 가슴을 두근거리게 하며 내 안의 엔진을 서서히 식게 하는 이런 말이 두려울 뿐이다."

# 요구한 액수만큼 돌려받는 게 인생이다

"성공하지 못할 거라는 그릇된 믿음을 버리는 것이 성공을 향한 첫걸음이다."
– 앤드류 매튜스 Andrew Matthews

성공한 사람은 자신에게 좋은 말만 한다. 언제나 스스로를 쓸만한 사람으로 생각한다. 그리고 수시로 거울을 보면서 이렇게 말한다.

"너는 참 괜찮은 친구야."

"지금까지 잘 살아왔어."

"앞으로 멋진 사람이 될 거야."

"너는 많은 사람으로부터 존경을 받을 수 있을 거야."

실패한 사람은 이렇게 말한다.

"나같이 보잘것없는 사람이 무엇을 할 수 있겠어, 나보다 더 뛰어난 능력을 가진 사람이 주위에 얼마나 많은데."

"나는 참 복도 없는 사람이야, 다른 사람들은 좋은 가정에서 자라나 좋은 교육을 받고 또 물려받을 재산도 많은데 나는 이 모양이 꼴이니 박복하기도 하지."

여기에 당신의 닫힌 마음을 환하게 열어줄 일화 한 가지를 소개한다.

로널드 레이건 대통령은 재임 말기에 암으로 큰 수술을 받았다. 다행히 그는 자신의 농장에서 말을 탈 수 있을 정도로 회복되었다. 그가 다시 백악관으로 돌아오는 날이었다. 대통령 부부가 전용기의 계단을 내려오자 많은 사진 기자들은 그를 찍느라 한순간 아수라장이 되었다.

대통령은 답례의 뜻으로 쓰고 있던 모자를 벗어 들고 얼굴 가득 미소를 지으며 손을 흔들어 주었다. 그런데 대통령의 머리를 본 많은 사람들이 깜짝 놀랐다. 대통령은 수술 때문에 머리칼의 오른쪽 반을 빡빡 깎았던 것이다. 반은 염색된 흑발이었고 나머지 반은 짧은 회색빛 머리카락이 듬성듬성 자라고 있었다.

그때 대통령 뒤에 서 있던 영부인이 깜짝 놀라며 "여보, 어서 모자를 쓰세요!" 하고 다급하게 외쳤다. 그러나 레이건 대통령은 여전히 웃는 얼굴로 "여보, 집에 다시 돌아온 것이 기쁘지 않소"라고 속삭이며 묵묵히 앞서 걸어갈 뿐이었다.

한참 만에 대통령 부부는 기자들과 멀리 떨어져 걷게 되었다. 그제야 대통령은 모자를 쓰며 낸시 여사에게 말했다.

"대통령의 이미지를 지키길 바라고 보호하려는 당신의 마음은 알겠소. 그리고 내 머리가 펑크족처럼 우습게 보인다는 것도 알고 있소. 하지만 내 머리 모양이 어떻든 나는 대통령이고 또 나는 자신을 믿고 있다오."

다음날 신문에는 반은 길고 까만 머리카락에 반은 회색빛 머리카락을 한 대통령이 환하게 웃으며 계단을 내려오는 한 장의 사진이 실렸다.

**- 《좋은생각》, 2000년 11월호에서**

자신에 대한 믿음이 확고하고 스스로를 사랑했던 레이건 대통령은 재임시 전 국민의 따뜻한 사랑과 지지를 받았다. 또한 그가 시행했던 핵심적인 경제 정책들은 클린턴 행정부가 들어서서 8년간의 기록적인 호황을 누릴 수 있게 하는 신경제의 초석이 되었다. 그는 퇴임 후에도 미국 국민의 지속적인 사랑을 받고 있는 전직 대통령의 한 사람이다.

## 꿈을 크게 가져라

자신을 사랑하는 사람은 무엇이든 하려고 하고 적극적이며 도전적이다. 본인 스스로가 자신에 대한 믿음을 가지고 그 믿음대로 될 수 있도록 노력하기 때문이다. 반대로 자기를 사랑하지 않는 사람은 매사에 의욕적으로 일하지 않는다. 노력은 하지 않고 되는 대로 산다.

되는대로 사는 사람의 삶에서 좋은 결과를 기대하기란 어렵다. 스스로를 존귀하게 생각하고 나 자신을 존중해 주지 못하면 남도 나를 존귀하게 생각하지 않고 존중해 주지 않는다. 그러므로 나 스스로를 존중하고, 자랑스럽게 생각하는 일은 나 스스로에게 힘을 부과하는 동시에 남이 나를 존중할 수 있게 하는 기반이 된다.

'Winner talks all' 이라는 말이 있다. 이 말은 승자가 모든 것을 갖게 된다는 뜻이다. 미국 사람들은 게임에서 진 사람, 특히 정정당당히 싸워 이기지 못한 사람을 'loser' 즉, 무언가를 잃어버린 사람, 실패자라고 표현한다.

이런 이유로 상대에게 'loser' 라고 말하면 대단한 욕이요 인격적인 모독이 된다. 이는 세상 사람들이 패자보다 승자를 선호한다는 사실을 말해 주고 있다.

대부분의 사람들은 패자보다는 승자와 더 친해지려고 하고 승자 곁에 가까이 있는 것을 좋아한다. 어쩌면 비열하게 느껴질지 모르지만 현실은 현실이다. 세일즈맨에게 물건을 사더라도 자신감이 겉으로 드러나는 세일즈맨에게 물건을 사려고 한다. 그런 사람에게선 어쩔 수 없는 성공의 냄새가 풍기기 때문이다.

사람들의 이러한 선호도가 개인적으로 1년에 1억이 넘는 수익을 올리는 보험회사나 가전회사의 세일즈우먼을 만들고 자동차 판매회사의 슈퍼 세일즈맨을 만든다. 물론 고객관리를 특별히 잘하는 등 그들만의 비즈니스적인 노하우가 있겠지만 여기에는 다소 허황된 소비심리가 깔려 있다.

이왕이면 잘 나가는 세일즈맨으로부터 물건을 구매하고 싶은 욕망이 고객들의 저변에 깔려 있기 때문에 보험업계에서도 종종 부익부 빈익빈 현상이 일어나는 것이다. 그들이 승승장구할 수 있는 현실의 저편에 그들의 성공을 상품의 보증수표처럼 여기는 다소 기형적인 소비심리가 어느 정도 깔려 있다는 것만은 분명한 사실이다.

게임의 승자는 영웅으로 받들고 환호하지만 패자에게는 눈길도 주지 않는 세상이 우리가 살고 있는 세상이다. 이러한 이유로 인생의 게임에서 승리하는 사람은 계속적으로 승리할 수밖에 없는 반면 패배하는 사람은 지속적으로 패배할 수밖에 없도록 판이 짜여진다. 안타깝지만 이것은 현실이다.

자신을 긍정적으로 생각하고 자기 스스로에 대하여 확고한 믿음을 가지는 사람만이 주목받는 인생의 대열에 설 수 있다. 사물을 긍정적으로 보는 습관이 갖추어진 사람은 매사를 자신 있게 밀어붙여 성공할 확률이 높다.

수시로 자신을 향해 성공을 부추기자. "너는 분명 이 일을 해낼 수 있어. 너는 남보다 뛰어난 사람이니까"라고. 요구한 액수만큼 돌려받는 게 인생이다.

# 유능한 사람과 유식한 사람

"하루 공부하지 않으면 그것을 되찾기 위해서는 이틀이 걸린다. 이틀 공부하지 않으면 그것을 되찾기 위해서는 나흘이 걸린다.
1년 공부하지 않으면 그것을 되찾기 위해서는 2년 걸린다."
– 탈무드 Talmud

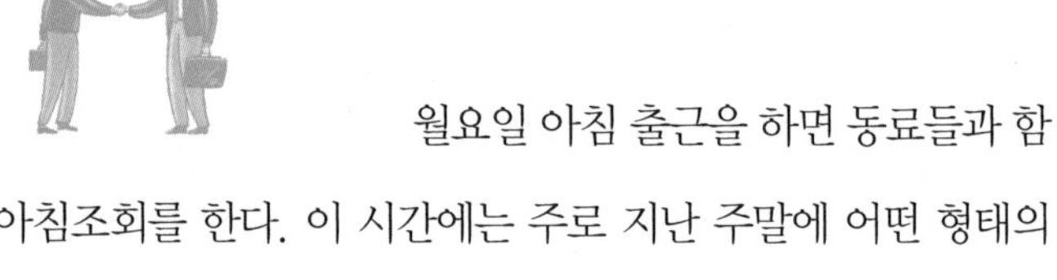

월요일 아침 출근을 하면 동료들과 함께 아침조회를 한다. 이 시간에는 주로 지난 주말에 어떤 형태의 고객지원이 이루어졌는지를 확인하고 한 주간 동안에 있을 주요 업무에 대하여 이야기를 나눈다.

월요일 아침의 회의시간에 만나는 동료들의 표정을 보면 지난 주말 그들이 어떻게 시간을 보냈으며 현재의 마음가짐이 어떠한지를 자연스레 파악할 수가 있다. 누군가 얼굴이 푸석푸석하고 피로가 말끔히 가시지 않은 기색이라면 주말 내내 작업이 있었거나 가정에서 원만치 않은 문제가 있었다는 반증이다. 아니면 평소의

스트레스 레벨이 위험수위에 있음을 말해 주는 것이다.

아침부터 술 냄새를 풍기며 흐트러진 모습으로 앉아 있는 사람도 있고, 머리를 단정히 자르고 상큼한 모습으로 회의에 임하는 사람도 있다. 출근시간을 맞추지 못해 헐레벌떡 뛰어들어와 가쁜 숨부터 몰아쉬는 사람도 있다. 재미있는 것은 이러한 모습들이 개인에 따라 습관적으로 이루어지고 있다는 사실이다.

업무상 주말에 제대로 쉬지 못한 경우라도 말끔하고 정리된 모습으로 일찌감치 나와 있는 사람이 있는가 하면 주말작업이라고는 일체 없었던 사람이 지치고 잔뜩 짜증난 얼굴로 회의석상에 앉아 있는 경우도 있다. 어느 쪽 사람이 회사에 기여도가 큰 분위기인지는 굳이 말하지 않아도 알 수 있을 것이다.

회사에서 일을 하더라도 매사에 준비가 되어 있고 의욕에 넘쳐 열정적으로 일하는 사람과 그렇지 않는 사람의 차이는 엄청나다. 일에 임하는 자세나 일을 준비하는 자세, 적극성과 투지는 쌓이고 쌓여 습관이 된다.

처음에는 신입사원들의 업무에 임하는 자세가 비슷비슷하기 때문에 별 차이를 느낄 수 없을지 모르나 시간이 지나면서 일을 대하는 마음가짐에 따라서 엄청난 능력의 차이로 나타난다.

작은 마음가짐 하나, 작은 습관 하나가 그 사람의 인생을 결정짓는 것이다. 유능한 사람과 무능한 사람의 차이는 겉보기엔 백지 한 장 차이에 불과하지만 막상 업무를 맡겨보면 시간상으로나 질적으로 비교가 되지 않는다.

## 끊임없이 능력을 개발하라

함께 일하는 부하직원 가운데 한창 공부해야 할 시절에 가정형편이 어려워 정규대학 진학을 포기하고 사회생활에 뛰어든 경우가 몇몇 있다. 대졸사원에 비해 상대적으로 불리한 대접을 받고 회사생활을 해온 사람들이었다.

이들 중 일부는 방송통신대학에 들어가 학사자격증을 취득하고 현재는 대학원 졸업을 눈앞에 두고 있다. 반드시 학교공부를 통해서만 지식을 습득해야 한다는 법은 없다. 지식이란 평생을 두고 습득해 가는 것이다. 학창시절에 제대로 공부를 하지 못한 사람이 뒤늦게 착실히 노력하여 목표를 성취한 예는 얼마든지 있다. 우리는 이런 사람을 지혜롭고 유능한 사람이라고 부른다.

유식한 사람이 되는 것도 중요하지만 더 중요한 것은 유능한 사람이 되는 것이다. 공염불에 불과한 지식보다는 자신의 능력을 토대로 사회와 국가발전에 기여하는 유능한 사람이야말로 이 시대가 필요로 하는 요구조건에 충실한 인간상이다.

곤경에 처한 기업을 살릴 수 있는 것도 직접 몸으로 뛰는 유능한 인재들이다. 유능한 사람이 되는 또 하나의 중요한 조건은 미래지향적인 가치관을 갖는 것이다. 오늘보다 나은 내일을 위한 노력이 없이 유능한 사람이 된다는 것은 어불성설이다.

오늘 내가 가진 지식이나 능력, 기술이 내일 내가 가진 그것에 비해 낫지 않고는 결코 유능한 사람이 될 수 없다. 그러므로 꿈이 있는 사람은 '일 더하기 일'의 삶을 살다 간다. 그러나 꿈이 없는 사람은 '일 곱하기 일'의 삶을 산다.

'일 더하기 일'의 삶을 10년 살면 10의 능력을 가진 사람으로 발전하게 되지만 '일 곱하기 일'의 삶을 살면 경우 10년을 살아도 1의 능력밖에 못 가진 사람이 될 수밖에 없다. 비전이 분명한 사람은 어떤 경우에도 지치지 않는다. 꿈을 이룬 후에 갖게 될 영광을 미리 볼 줄 아는 능력을 가졌기 때문이다. 그는 꿈을 달성해 가는 과정에서 기쁨과 즐거움을 발견할 수 있는 사람이다.

이스라엘 민족은 나라를 잃은 지 2000년이 지났지만 잃어버린 나라를 되찾겠다는 꿈을 버리지 않았다. 또한 스스로 선택된 민족이라는 자긍심을 갖고 있었기 때문에 유태인의 피를 이어받은 수많은 사람들이 세계 경제와 정치를 뒤흔드는 막대한 영향력을 행사하게 되었다. 그리고 그들은 결국 자신들의 꿈인 잃어버린 나라를 되찾고야 말았다.

조직이든 개인이든 비전이 있으면 결코 망하지 않는다. 오히려 품은 뜻과 꿈이 원대하기 때문에 그들의 미래는 더욱 발전적이다. 열정과 현실의 함수관계란 바로 이런 것이다.

# 인맥은 성공의 라인을 만드는 것

"아무리 위대한 사람일지라도 다른 사람의 협력 없이 그 실력을 발휘할 수는 없다."
- 앤드류 카네기 Andrew Carnegie

한국사회에서는 배경이 좋아야 출세를 한다는 말을 자주 듣는다. 아무리 잘난 사람도 자기를 받쳐줄 든든한 백이 있어야 출세를 한다는 말이다. 우리나라만큼 혈연·지연·학연을 따지는 나라도 드물 것이다. 하지만 이것은 무시할 수 없는 현실이다.

그러나 백이 없다고, 혈연·지연·학연에 있어서 내세울 만한 후원자가 없다고 해서 실망할 일은 결코 아니다. 왜냐하면 인간관계란 다 자기 하기 나름이기 때문이다.

인간관계를 형성하고 유지하는 노력을 '인맥을 관리한다' 라고 표현한다. 개인적인 일로나 사업적인 일로 우리는 많은 사람을 만나며 살아간다.

가만히 따져보면 이런저런 일로 만나는 사람의 숫자만 해도 하루에 열 명 안팎은 될 것이다. 한 달이면 꽤 많은 사람과 인연을 맺는다. 이러한 만남을 소중히 여기고 잘 관리하면 사회적 활동면에서 큰 도움을 받게 되는 것도 사실이다.

인맥관리를 잘하기 위해서는 우선 사람을 좋아하는 마음이 있어야 한다. 상대를 소중하게 생각하는 마음이 있어야 그들에게 마음을 열고 다가갈 수 있다. 상대를 존중하는 마음도 없이 건성으로 사람을 만나고 헤어지면 결코 아무리 많은 사람을 만나도 좋은 관계를 이어갈 수 없다.

만나는 사람 각자에게 관심을 기울이며 상대방을 따뜻하게 배려해 줄 줄 아는 마음으로 공동의 관심사와 정보를 나누겠다는 태도로 임할 때 대화가 통하고 또 다른 만남을 기약할 수 있다. 당장에 이익이 없는 만남이라 할지라도 하나 하나의 만남을 소중하게 관리해 나가면 살아가는 동안 언젠가는 서로 도움을 주고받을 날이 온다. 인맥이란 이렇게 해서 만들어지는 것이다.

자신이 만나는 사람에 대한 정보를 충분히 입수하는 것도 인맥관리의 한 방법이다. 그 사람의 가족관계, 취미, 또는 특별한 개인적 취향 등을 미리 알아두면 서로가 관심 있어 하는 부분의 정보를 주고받을 수 있다. 그런 가운데 사적으로 부담없이 함께 시간을 보낼 수 있는 자리를 만들어 볼 수도 있다.

## 특별한 인맥을 만들어라

사업을 성공적으로 이끌어가는 사람들의 경우를 보더라도 그들 주변엔 늘 성공을 돕는 후원자들이 있었다. 전적으로 남의 도움에 의지하며 자신의 뜻을 관철시키려는 것은 분명 부도덕한 행위이다. 상대방을 이용하는 것과 남의 도움을 끌어들여 자신의 능력을 발휘할 기회를 얻는 것은 엄연히 다르다.

인맥이란 상대적인 것이다. 자기는 아무것도 줄 것이 없으면서 무조건적으로 남의 도움을 기대할 수는 없는 일이다. 도움을 받으려면 그에 상응하는 대가를 지불해야 한다. 이때 당신이 줄 수 있는 가장 큰 대가는 상대방에 대한 관심을 베푸는 일이다.

특별히 공적인 업무가 아니더라도 가끔 안부전화를 하거나, 편지를 보내거나, 정성껏 차린 음식을 나눠 먹거나 하면서 지속적으로 관계를 유지하도록 노력하라. 생일에 축전을 보내고, 결혼기념일에 작은 정성이 담긴 꽃다발을 보내는 일은 크게 부담스럽거나 어려운 일이 아니다. 관심만 가지면 얼마든지 할 수 있는 일들이다.

중요한 사람을 내 편으로 만들 수 있는 또 한 가지 방법은 그 사람의 배우자 혹은 자녀들의 신상에 관심을 써주는 일이다. 어떤 사람이든지 자신의 가족에게 잘 대해 주는 사람을 싫어할 사람은 없다. 다만 배우자에게는 불필요한 오해를 사지 않도록 조심할 필요가 있고 자녀들에게는 당사자가 부담스러워하지 않는 선에서 친밀감을 표현하는 것이 좋다. 그것도 자연스럽지 못한 경우에는 상대방 자녀들의 이름을 기억해 두었다가 가끔 안부를 물어보는 정도가 좋다. 자주 얼굴을 보는 것도 아닌데 지나치게 친절한 태도는 오히려 비굴한 인상을 풍길 뿐이다.

우리 회사 김 팀장은 주말마다 거래처 사람들과 골프를 친다. 사업에 직접적인 연관이 있는 사람은 물론이고 별 상관이 없다 하더라도 김 팀장은 성의를 다한다. 그들 가운데 누군가는 멀지 않은 장래에 사업적으로 도움을 주고받을 수 있는 회사의 중책으로 성장할 것이라는 생각으로 깍듯이 예의를 지킨다는 것이다.

한국에서 골프를 치는 데 드는 비용이 만만치 않은 것만은 사실이지만 그는 "3년 앞을 내다보며 미리 씨를 뿌린다는 마음으로 주말마다 골프장으로 향한다"라고 말한다.

철강 왕 카네기는 "아무리 위대한 사람일지라도 다른 사람의 협력 없이 그 실력을 발휘할 수는 없다"라고 한다. 우리가 대하는 모든 사람들이 미래의 고객이라는 마음가짐으로 진심으로 대하라는 것이다.

세계적인 명문으로 손꼽히는 하버드 대학 경영대학원에는 세계 각국의 엘리트들이 몰려든다. 그들이 하버드에 몰려드는 이유는 명문대학에서 교육받으며 지식을 향상시키겠다는 목적도 있지만 또 하나의 중요한 목적은 인맥 형성에 있다. 그들 중 일부는 하버드 같은 명문대학에서 전 세계 유력 인사들의 자제들과 동창관계를 형성한다는 것 자체만으로도 자신의 향후 비즈니스에 발판을 다지는 길이라는 사실을 너무나 잘 알고 있다.

따지고 보면 인맥관리를 위해 선행투자를 하고 있는 것이다. 성공을 원하는 엘리트라면 자신의 업무와 관련된 사람들은 물론 여러 가지 다양한 모임을 적극적으로 찾아 나설 필요가 있다.

될 수 있는 한 여러 분야의 사람들을 만나보도록 하자. 향우회나 동창회 등 늘 만나는 사람들만 만나려 하지 말고 새로운 사람 사귀기를 즐기도록 하라. 가능하면 일주일에 다섯 명 이상의 새로운 만남을 목표로 삼는 것도 좋은 방법이다. 그리고 자신의 대인

관계 목록을 만들어 본격적인 인맥관리에 들어간다.

한번 받은 명함은 버리지 말고 그 뒷면에 언제 어디서 만났다는 것을 기록해 둔 다음 적절히 분류하도록 하라. 커다란 명함 보관철에 이름별로 분류해서 필요한 때 편리하게 찾아보도록 하자. 그리고 매주 명함철에 있는 사람 다섯 명을 골라 간단한 메모를 전하거나 안부전화를 걸어보라. 그러면 오래지 않아 당신도 훌륭한 인맥을 만들 수 있다.

고객을 대할 때 단지 비즈니스 관계로만 상대를 대하기보다는 친지나 동료를 대하는 마음으로 접근한다면 그는 평생고객으로서뿐만 아니라 인생의 동반자로서 당신 주변에 남는다. 이렇게 인간적인 관계를 지속할 수 있는 고객이라면 의당 당신이 성공하고 출세하기를 원한다.

고객과 이런 관계가 되면 '고객이 고객을 소개' 하는 피라미드 효과가 나타난다. 여기서부터 당신은 최소한 200명의 영업사원을 거느리는 것과 같은 고객만족 효과를 보게 되는 것이다. 다른 사람을 내 편으로 만든다는 것은 그 사람의 능력까지도 내 편으로 만드는 것과 마찬가지 효과를 발휘한다. 다시 한번 기억해 두자. 인맥을 만드는 것은 성공의 라인을 만드는 것이다.

# 가장 어려울 때·가장 높은 곳을 지향하라

"내가 제일 처음에 배운 것 중 하나가 망치는 것과 배우는 것 사이의 연관성이다. 내가 더 많은 실수를 할수록 더 빨리 익힐 수 있었다."
– 마이클 델 Michael Dell

1940년 옥스포드 대학의 졸업식장에서 있었던 일이다. 이날 행사 프로그램에는 당시 영국의 수상이던 '윈스턴 처칠'의 연설이 예정되어 있었다. 그는 평소 특유의 허스키한 목소리로 길게 연설을 하는 편이었다. 졸업식에 참석한 젊은 이들은 오늘은 그가 어떤 이야기를 들려줄까 잔뜩 기대하며 장시간 귀를 기울일 준비를 하고 있었다.

이윽고 처칠은 뚜벅뚜벅 연단으로 걸어 올라갔다. 그는 잠시 졸업식에 참석한 젊은 얼굴들을 응시한 뒤 이렇게 외쳤다.

"Never, never, never, never, never give up"(여러분 포기

하지 마십시오. 결코, 결단코 포기하지 마십시오). 그리고는 다시 연단을 내려와 자리에 앉았다. 순간 장내는 찬물을 끼얹은 듯 조용해지더니 잠시 후 우레와 같은 박수가 터져 나왔다. 더 이상 무슨 말이 필요하겠는가.

한 분야에서 대가가 되기 위해서는 엄청난 노력이 필요하다. 목적지를 향하여 가는 도중 수많은 난관이 우리 앞을 가로막고 있을 수도 있다. 그러나 결단코 포기하지 않는 자만이 인생의 승리자가 될 수 있다.

어떤 사람이 한 건물의 경비원으로 일했다. 그는 매일 아침 정원을 깨끗이 쓸고 그곳을 찾아오는 사람들에게 밝은 미소로 인사를 건네곤 했다. 오랜 세월 동안 그는 정말 성실하게 일했다.

그러던 어느 날 건물 주인이 바뀌게 되었다. 젊은 주인은 경비원이 해야 할 일들을 종이 위에 잔뜩 적어 주며 그대로 따르도록 지시했다. 그렇지만 경비원은 까마득한 문맹이었다. 며칠 뒤 경비원은 결국 글을 모른다는 사실을 주인에게 들켜서 쫓겨나게 되었다.

새로운 일자리를 찾아다녔지만 글씨도 못 읽는 데다가 나이까지 든 그에게 일을 주는 사람은 없었다. 일자리를 찾아다니다 실망만 안고 돌아오는 일이 되풀이되던 어느 날, 그는 자신이 갖고 있던 전 재산을 털어 길모퉁이에 작은 담배 가게 하나를 열었다. 이렇게 해서 시작된 담배 가게는 그에게 상상도 못했던 행운을 가져다 주었다.

가게는 장사가 잘되어 규모가 점점 커졌고, 경비원 출신의 이 노인은 많은 돈을 모을 수 있었다. 그는 옆 동네와 다른 도시에도 지점을 열기 시작했다. 그리고 얼마 후에는 수십 개의 지점을 거느린 거대한 담배 가게 체인의 사장이 되어 있었다.

어느 날 그의 재산을 관리해 주는 은행원이 말한다.

"사장님께서는 글을 모르시는데도 이렇게 큰 성공을 하셨습니다. 그러니 만약 사장님께서 글을 읽고 쓸 줄 아셨다면 지금쯤 누구도 상상할 수 없는 인물이 되었겠지요?"

은행원의 말을 듣고 그는 한동안 생각에 잠겼다. 그리고 나서 이렇게 대답했다.

"그렇지만도 않을 것 같네. 그랬더라면 나는 여전히 경비원 일을 하고 있겠지."

만약 그 경비원이 글을 읽지 못한다는 사실이 밝혀지지 않았더라면 그는 평생 성실한 건물 경비원으로서 인생을 마감하게 되었을지도 모른다. 야박한 주인을 만나 그 자리를 쫓겨난 게 오히려 그에겐 행운을 가져다 준 것이었다.

## 뚝심과 통찰력을 가져라

때로는 우리에게 닥쳐온 불행이 오히려 행운이 될 수도 있다. 마음속에 품은 꿈을 실현하기 위해 노력하다 보면 반드시 길은 열리게 마련이다. 그러나 현재 아무리 좋은 자리에 있어도 단지 현상유지에만 급급해 하면 발전이 없다.

몇 년째 하던 일만 반복하게 되면 나도 모르게 도전정신과 열정이 조금씩 사그라들고 만다. 새로운 도전은 나와는 거리가 먼 것으로 생각하고 무기력한 일상에 끌려다니기도 쉽다. 이렇게 시간을 보내다 보면 어느 날 문득 형편없이 초라해진 자신의 모습을 발견하고 놀라게 된다.

1970년대에 봉제업으로 많은 돈을 벌어 세상 무서울 것 없이 떵떵거리며 살았다는 한 사업가의 경험담은 많은 것을 생각하게 해준다. 봉제업은 노동력 의존도가 높은 업종이었다. 70년대 당시 우리나라의 노동력은 대만이나 동남아 국가들에 비해 경쟁력이 높은 편이었다. 경쟁국가와 비교하여 일의 숙련도는 높은 반면 상대적으로 임금이 낮았던 것이다.

80년대 말 민주화 과정을 거치면서 사정은 달라졌다. 이때부터 단순 근로직의 경우에도 임금이 많이 올라갔다. 이러한 상황에서 중국과 동남아의 값싼 노동력에 의한 제품들이 쏟아져 나오면서 우리나라의 봉제업은 사양산업이 되고 말았다.

경영환경이 바뀌면서 회사는 점점 어려워지고 이래저래 고전하던 차 1997년 말 IMF를 맞아 결국 봉제공장은 부도를 맞고야 말았다. 그 뒤로 갈수록 형편이 어려워져 겨우 끼니를 이어가다시피 하는 이 사업가가 주위 사람들에게 입버릇처럼 하는 말이 있다.

"나도 한때는 아주 잘 나갔었는데 데리고 있던 회사 직원이 돈을 가로채 갖고 도망치는 바람에 지금 내가 이 모양 이 꼴이 되고 말았어."

보다 근본적인 원인은 다른 곳에 있음을 이 사업가는 아직도 감지하지 못한 것 같다. 봉제공들의 임금이 높아져 경쟁력이 떨어지는 위기를 맞았을 때 그는 무언가 특단의 조치를 취했어야만 했다. 사업을 둘러싼 환경변화를 외면한 채 예전에 잘나가던 것만 생각하고 현실에 안주했던 게 이 사업가의 치명적인 실책이었다.

불행이 우리 앞에 닥쳤을 때 나 스스로 지금의 자리를 박차고 일어나 새로운 도전과 변화를 추구한다면 위기는 결코 위기가 될 수 없다. 이럴 때 위기란 새로운 기회를 열어주는 푸른 신호등 같은 것이다.

세계 금융시장에서 가장 주목받는 펀드 매니저의 한 사람인 조지 소로스는 1930년 헝가리 부다페스트에서 상류층에 속하는 유태인 변호사의 아들로 태어났다. 오늘날 그 성공의 밑바탕에는 아버지로부터 물려받은 생존의 본능 외에도 영국 이민 시절의 어려운 경험이 깔려 있다.

훗날 그가 "영국에서의 생활은 내 생애에서 가장 어려웠던 시절이었다"고 회상할 정도로 영국에서의 젊은 시절은 배고픔과 고난의 연속이었다. 소로스는 그 무렵 새벽녘까지 부자들이 춤추고 술 마시는 식당의 웨이터로 일했다. 그곳에서 몇 년 동안이나 식사비를 아끼기 위해 손님들이 남기고 간 음식 찌꺼기로 배를 채워야 했다.

그는 웨이터 생활을 하면서 어렵게 모은 돈으로 런던 경제 스쿨에 진학을 했으며 공부를 마친 후 월스트리트로 진출했다. 고생 끝에 낙이 온다고 했던가. 소로스는 어떤 역경에도 굴하지 않고 노력한 결과 세계 증권 시장에서 살아 있는 신으로 불리는 20세기 최고의 펀드 매니저가 되었다.

고생 없이 처음부터 잘 나가는 사람은 아무도 없다. 시련과 실패를 무릅쓰고도 포기하지 않고 도전했기 때문에 성공한 사람들의 사례가 대부분이다. 대가를 지불하지 않고 얻을 수 있는 것은 세상에 아무것도 없다는 사실을 다시 한번 기억하라. 뼈를 깎는 자기 희생만이 성취를 가능하게 한다.

좋아하는 일에 몰두해라

상대방의 장점을 찾아내는 것도 능력이다. 다른 사람의 장점을 잘 발견하는 사람은 매사에 빛이 되는 사람, 남에게 행복을 주는 사람, 그리하여 자신도 행복해질 수 있는 사람이다.

# 1퍼센트만 더 노력하자

"제일 많이 바쁜 사람이 제일 많은 시간을 가진다."
- 알프레드 비네 Alfred Binet

새해를 맞은 지가 엊그제 같은데 눈 깜짝할 사이에 한 달이 지났다. 하루하루 열심히 살아보겠다고 마음은 독하게 먹지만 어찌어찌 하다 보면 금방 한 주가 지나고 한 달이 훌쩍 지나가 버린다. 돌아보니 특별히 한 일도 없이 막연한 기대감만으로 새해 첫달을 보낸 것도 같은 위기감마저 든다.

서양속담에 '중요한 일은 바쁜 사람에게 시켜라' 라는 말이 있다. 겉보기에는 정신없이 얼렁뚱땅 일을 해치우는 것 같은 사람들일수록 일을 제대로 할 줄 아는 사람이라는 뜻이다. 농부는 가을의 결실을 거두기 위하여 봄에 씨를 뿌리고, 여름내 밭에 나가 잡초를 뽑아주는가 하면, 수시로 물을 주며 정성껏 곡식을 가꾼다. 좋은 결실을 위한 농부의 노력은 헛되지 않아서 이윽고 가을이 되면 온 들판에 풍요의 물결이 넘실거린다.

봄부터 가을까지 잠시도 몸을 쉬지 않고 곡식을 돌본 농부의 피와 땀이 튼실한 알곡으로 열매 맺듯이 우리 인생은 저마다 자신이 노력한 만큼의 대가를 받게 된다.

미국의 경영학자인 마이클 포터 교수는 그의 저서 《경쟁우위》에서 누구나 실행에 옮길 수 있는 성공전략 두 가지를 제시하고 있다. 하나는 차별화differentiation요 다른 하나는 집중focus이다. 성공하려면 남보다 나은 것이 반드시 하나는 있어야 한다는 것이다.

남들과 똑같으면 경쟁에서 이길 수 없다. 얼핏 듣기엔 뻔한 이야기가 '전략'이라는 타이틀까지 달고 소개될 만큼 중요하게 취급되는 이유는 사실 너무나 쉽고 단순한 이 진리를 실천하는 사람들은 별로 많지 않기 때문이다. 남들이 100%의 노력을 할 때 나는 단 1%만 더해서 101%의 노력을 기울인다면 선봉에 설 수 있다. 모두들 최선을 다한다고 한다. 그렇지만 지금은 단지 자신의 능력을 기준으로 해서 최선을 다하면 남을 앞설 수가 없다. 나의 최선이 경쟁자의 최선보다 나아야 하는 것이다.

경쟁에서 이기려면 방법은 단 하나, 경쟁자보다 1%만 더 잘하면 된다. 그 1%는 단순한 1%가 아니라 결과면에서는 50%–60%의 상승효과를 낼 수 있는 금쪽같은 1%이다. 작은 1%의 노력이 쌓이면 놀랄 만한 속도가 붙어 자신이 상상하는 것보다 훨씬 빠른 성장을 이룰 수가 있다.

## 성공은 차별화에 달려 있다

남들이 하는 만큼만 하려고 해서는 남들처럼 될 수가 없다. 이미 당신의 경쟁자들은 남보다 더 노력한 결과 그 자리에 서게 된 사람들이다. 그러므로 누구나 당신만큼은 노력하고 있다는 사실을 항상 기억해야 한다.

개인이든 조직이든 남들보다 나을 수 있는 방법이 무엇인지를 곰곰이 생각해 보면 금세 답이 나온다. 회사 내에서 잘 나가는 부서들을 가만히 살펴보면 이유가 있다. 예를 들면 남들은 8시 30분에 출근을 하는데 잘 나가는 부서에선 출근시간 한 시간 전부터 선배들이 후배들을 모아놓고 교육을 시킨다. 또한 회사 내의 다른 부서는 물론 국내 동종업계와의 사업단위 경쟁에서도 항상 지지 않겠다고 하는 의지가 확고하다. 그리고 팀원들은 한결같이 우리가 최고라는 자부심을 강하게 가지고 있다.

개인도 마찬가지다. 뭐든 잘해 내는 사람을 가만히 살펴보면 보통사람에 비해 모든 것을 잘하도록 되어 있는 천부적인 재능을 타고난 것이 아니다. 그들이 무슨 일이든 잘하는 요인은 앞에서 말한 1%에 있다.

남들과 똑같이 100% 노력하는 것이 아니라 1%의 최선을 더해서 101%의 공력을 기울이는 것이다. 앞에서 1%만 더 노력해도 남들 눈에는 그들이 다른 사람에 비해 두 배 세 배 더 노력하는 것처럼 보인다. 남들보다 1% 더 노력하는 것은 누구나, 어느 조직에서나 가능하다. 특히 직장생활의 경우에는 이 1%의 노력이 상사의 신임을 얻는 결정적 요인으로 작용할 수도 있다.

남들이 잠자는 시간에 30분 먼저 일어나 하루를 준비하고, 남들보다 30분 먼저 일에 필요한 자료나 정보를 수집하고, 남들보다 하루 한 시간만 더 투자하여 자신이 부족하다고 생각되는 부분을 보완하도록 노력한다면 우리는 충분히 남을 앞설 수 있다.

영업에 있어서도 같은 원리를 적용할 수 있다. 남들이 고객을 세 번 방문할 때 그들보다 한번만 더 찾아가 필요한 자료를 보충해 준다면 그 고객의 마음속에는 당신의 성실성이 깊은 인상으로 남게 될 것이다. 경쟁자들이 하지 않는 단 한 가지만 더 신경써도 고객을 내 편으로 끌어들일 수 있다.

두 번째는 일에 대한 집중력이다. 자기 일에 집중한다는 것은 적어도 자신이 맡고 있는 일에 관한 한 척척박사가 되어야겠다는 마음가짐으로 일의 전후좌우를 훤히 꿰뚫어보는 것이다. 당신은 어느 회사의 직원이지만 자신의 임무로 할당된 일에 대해서만큼은 완벽한 경영 마인드를 갖고 있어야 한다.

만약 당신이 이사갈 집을 짓고 있다고 가정해 보라. 집짓는 인부들이나 공사감독은 아주 열심히 일을 하지만 직접 그 집에 들어가 살게 될 집주인만큼이나 세밀하게 신경을 쓰지는 못한다. 당신의 현재 직책이 무엇이든 맡은 일에 대해서만큼은 집짓는 인부 된 입장에 서서도, 공사감독의 입장에 서서도 안 된다. 당신은 엄연한 집주인의 입장에서 일을 진행하고 감독하고 마무리를 점검해야 한다. 이런 마음으로 매사를 처리한다면 적어도 부주의로 인한 실수는 하지 않는다.

직장생활을 하면서 '몸 바쳐 충성한다' 는 생각으로는 직장인 이상의 발전을 기대할 수는 없다. 당신은 누군가를 위해 '충성' 하고 있어서는 안 된다. 당신은 월급 받는 경영자 입장에서 매사를 판단할 수 있어야 한다. 적어도 당신의 최종 목표는 지금 당신이 앉아 있는 그 자리가 아닐 테니까 말이다.

# 하기 싫은 일은 절대로 하지 말라

"재미가 없다면 왜 그걸 하고 있는 건가?"
– 제리 그린필드 Jerry Greenfield

하는 일이 재미있고 즐겁다면 매일 아침 출근도장을 찍기 위해 헐레벌떡 사무실 계단을 뛰어오르는 곤혹스러움을 겪지 않아도 될 것이다. 또 그렇게만 된다면 밤을 낮처럼 일해도 온몸이 파김치처럼 축축 늘어지는 무력감에 시달릴 필요도 없을 것이다. 몸은 피곤해도 일이 재미있으니 좀처럼 지칠 줄 모르기 때문이다. 마치 게임을 좋아하는 사람이 네 시간이고 다섯 시간이고 컴퓨터 앞에 앉아 있어도 끄떡없는 것처럼 사람은 자기가 좋아하는 일을 할 때 더욱 힘이 나는 법이다.

독일의 철학자 쇼펜하우어는 "내가 하고 있는 철학의 탐구는 우연한 동기에서 시작한 여느 직업이 아니고 또 남들이 신중하게 생각해서 나에게 맡긴 일도 아니다. 그것은 스스로 택한 것이다"라는 말을 했다. 그는 본인이 원하는 일을 했기 때문에 평생 그 일을 통해서 역사에 길이 남을 위업을 이루었다.

"우리가 정말 하고 싶은 것은 하게 되어 있다. 그런 운명적인 일을 할 때 돈이 따라오고 새로운 길을 향한 문이 열린다. 우리가 유용한 존재임을 느끼는 것도 이런 일을 하는 순간이다. 그리고 마침내 일이 놀이처럼 느껴진다."

할리우드 블록버스터 영화의 도박사로 알려진 영화 〈터미네이터〉의 감독 제임스 카메룬을 도와 영화산업에 뛰어든 부인 줄리아 카메룬의 경험담이다.

걸프전의 영웅 노만 슈와르츠코프 장군도 이렇게 말한다.

"20세 때 처음으로 군에 발을 들여놓은 이래 57세가 되던 해 퇴역하기까지 군대는 나의 인생 그 자체였다. 나는 병사들을 통솔하는 것이 좋았으며 국가에 봉사하기로 결정한 사람들 곁에 있는 것이 좋았다."

스스로 하고 싶어서 선택한 일, 재미있어서 하는 일은 본인이 피로를 덜 느낄 뿐 아니라 성과도 훨씬 높다. 미국 마이크로소프트사는 최근 마이클 퍼딕(17) 군과 제니퍼 코리에로(19) 양 등 10

대 청소년 두 명을 컨설턴트로 특별 채용한다고 발표했다. 마이크로소프트사가 인터넷 마니아로 소문난 이들을 고용한 이유는 단 한 가지, 그들은 일을 즐길 줄 안다는 것이었다. 마이크로소프트사 경영진은 이들로부터 놀면서 일하는 분위기를 전사적으로 확산시킨다는 의도를 갖고 있었다. 여기에는 회사내 중장년층 간부들에게 10대 청소년들의 인터넷 문화를 깨우치도록 해서 인터넷에 대한 비전을 갖게 하자는 전략도 포함되어 있었다.

## 가장 하고 싶은 일을 하라

우리 부서에도 지난달 신입사원 채용이 있었다. 컴퓨터 유닉스 및 네트워크 엔지니어로 육성시킬 목적으로 밤낮없이 교육을 실시하는데도 다들 싫어하는 기색 하나 없다. 휴일에도 사무실에 나와야 하지만 일에 대한 열정 때문에 피곤한 줄도 모른다. 나는 이들이 조만간 대한민국 제일의 시스템 엔지니어로 성장하리라 믿어 의심치 않는다.

사람은 누구나 잘하는 것이 하나씩은 있다. 스스로의 재능을 개발하고, 그러한 재능을 발휘하여 사회에 기여하고, 또 돈도 벌 수 있다면 더 바랄 것이 없을 것이다. 미국 야후사의 제리양, 마이크로소프트사의 빌 게이츠, 일본 소프트뱅크사의 손정의 씨 등은 자신이 하고 싶은 일을 하면서 돈까지 번 대표적인 기업가들이다.

자기가 하고 싶은 일, 또 잘 할 수 있는 일을 찾아 그 일을 하면 일이 곧 취미생활이 된다. 취미생활을 하면서 돈까지 벌 수 있다는 건 얼마나 멋진 일인가! 이 경우 효율이 높아지는 것은 당연한 결과다.

"다른 사람들이 하니까 나도 한다."

"부모가 하라고 해서 시작했다."

"어떻게 하다 보니 여기까지 오게 되었다"는 식이면 곤란하다.

설사 그렇게 시작한 일이라 하더라도 지금 하고 있는 일이 미치도록 재미있거나, 또 남보다 월등히 잘할 수 있으면 다행이다. 하지만 그렇지 않다면 평생 스트레스를 받으며 힘들게 살 수밖에 없다. '배운 것이 도둑질', '목구멍이 포도청'이 되어서야 어디 열정이 생겨나겠는가.

아쉽게도 우리나라 청소년들은 자신의 의지대로 진로를 결정하지 못하는 경우가 적지 않다. 대학에 진학할 때에도 전공을 먼저 선택하기보다는 학교부터 먼저 선택하고 전공은 나중에 결정한다. 이래 갖고는 자기가 좋아하는 일을 결코 할 수가 없게 된다. 그 중요한 선택에 본인의 의지가 빠져 있는 것이다.

심지어 우리 부모들은 너무나 간단하게 자녀의 미래를 결정하기도 한다.

"너는 의과대학에 가서 의사가 되어야 해."

"너는 꼭 판검사가 되어야 하니 법과대학에 진학해야 돼."

"음대에 들어가 유명한 피아니스트가 돼야 해."

대부분의 자녀들은 부모로부터 이런 말을 듣고 자란다. 이런 식으로 자신의 진로를 강요당하고 직업을 갖게 된 사람들이 돈은 벌 수 있을지 몰라도 일을 통한 자기 만족이란 꿈도 못 꿀 것이다. 이런 식으로 선택한 직업에서 어떻게 창의력이 나오고 세계적인 인물이 나오기를 기대하겠는가.

우리 모두 잠시 자신을 돌아보자. 자신을 성공으로 이끌 수 있는 자산은 무엇인가. 자신의 가장 큰 강점은 무엇인지 생각해 보자. 당신이 가장 잘하는 특기는 무엇인가, 그 일이 너무 좋아서 24시간 푹 빠져 있어도 싫증나지 않을 일이 있다면 무엇인가? 남들은 어렵다고 하는데 나는 그 일이 하나도 어렵지 않고 오히려 재미있게 느껴지는 일이 있는가? 그렇다면 과감히 뛰어들면 된다. 싸움터라고 해서 아무 데서나 목숨 걸 필요는 없다. 장수는 이길 수 있는 곳에서만 목숨 걸고 싸운다.

# 외양간에 문제가 있거든 당장 고쳐라

"중요한 일이 사소한 일 때문에 뒤로 밀려서는 안 된다."
– 괴테 Goethe, Johann Wolfgang von

어떤 일이든 곰곰이 따져보면 덜 중요하거나 덜 급한 경우가 있기 마련이다. 모든 일에는 우선순위가 있다는 것이다. 주어진 시간 안에 여러 가지 일을 동시에 처리해야 할 때 당신은 어떤 일부터 먼저 처리하는가?

일을 잘하거나 공부를 잘하거나 어느 한 분야에서 탁월한 능력을 발휘하는 사람들을 가만히 살펴보면 일의 우선순위를 잘 구분하여 처리한다는 공통점이 있다. 반대로 똑같은 시간을 투자해도 능률이 떨어지는 사람들의 경우엔 닥치는 대로 일을 처리하는 습성이 있다.

## 일의 우선순위를 정하라

대개 우리에게 주어지는 일들은 다음의 네 가지로 분류할 수 있다.

'시급하면서도 중요한 일.'

'시급하지는 않지만 중요한 일.'

'중요하지는 않으나 시급한 일.'

'중요하지도 않으면서 시급하지도 않은 일.'

동시에 여러 가지 일이 한꺼번에 주어졌을 때 위에 언급한 네 가지의 분류 기준에 근거하여 일의 우선순위를 정한 뒤 시행하면 성과가 높아진다. 업종에 따라, 일의 종류에 따라 경우가 다르겠지만 나는 위의 네 가지 기준 중 두 번째에 해당되는 '급하지는 않으나 중요한 일' 에 많은 시간을 투자하라고 권하고 싶다.

급하면서도 중요한 일은 우선적으로 처리하는 것이 옳은 것 같지만 장기적인 관점에서 보면 그다지 효과가 크지 않은 단순반복 작업일 가능성이 크다. 그러나 시급하지는 않으나 중요한 일은 당장은 효과가 나타나지 않더라도 두고두고 영향을 미칠 수 있는 일인 경우가 많다.

어떤 시간관리 전문가가 강의시간에 자신의 주장을 명확히 하기 위해 구체적인 예를 들어 설명을 했다. 학생들 앞에 선 이 전문가는 "자, 퀴즈를 하나 풀어 봅시다." 하고 테이블 아래에서 커다란 항아리 하나를 꺼내 놓았다.

그런 다음 주먹만 한 돌을 항아리 속에 하나씩 넣기 시작하였다. 항아리에 돌이 가득 차자 그가 물었다.

"이 항아리가 가득 찼습니까?"

학생들이 이구동성으로 "예"라고 대답을 했다. 그러자 그는 "정말입니까?" 하고 되묻더니 다시 테이블 밑에서 조그만 자갈을 한 움큼 꺼내 들었다.

그리고는 그것을 항아리에 집어넣고 깊숙이 들어갈 수 있도록 마구 흔들었다. 주먹만 한 돌 사이에 조그만 자갈이 가득 차자, 그는 다시 물었다.

"이 항아리가 가득 찼습니까?"

눈이 동그래진 학생들은 "글쎄요"라고 대답했고, 그는 "좋습니다." 하더니, 다시 테이블 밑에서 모래주머니를 꺼냈다. 모래를 항아리에 넣어, 주먹만 한 돌과 자갈 사이의 빈틈을 가득 채운 후에 다시 물었다.

"이 항아리가 가득 찼습니까?"

학생들이 "아니오"라고 대답을 하자, 그는 "그렇습니다"라면서 물을 한 주전자 꺼내서 항아리에 부었다. 그런 다음 학생들에게 다시 물었다.

"이 실험의 의미가 무엇이겠습니까?"

한 학생이 즉각 손을 들고 대답했다.

"당신이 매우 바빠서 스케줄이 가득 찼더라도, 노력하면 새로운 일을 그 사이에 추가할 수 있다는 것입니다."

시간관리 전문가는 즉시 고개를 저었다.

"요점은 그게 아닙니다. 이 실험이 우리에게 주는 의미는, 만약 당신이 큰 돌을 먼저 넣지 않는다면, 영원히 큰 돌을 넣지 못하게 된다는 것입니다."

**– 스티븐 코비, 《소중한 것을 먼저 하라**First things first**》 중에서**

여기서 시간관리 전문가가 말하고자 하는 요점은 중요한 일을 당장 해야만 하는 당위성에 관한 것이다. 항아리 실험에서 가장 중요한 일은 큰 돌을 집어넣는 일이었다. 자갈이나 모래를 넣는 것만으로도 항아리를 채울 수는 있다. 그런데 자갈이나 모래를 채우는 일에 치중하다 보면 꼭 집어넣어야만 되는 큰 돌을 넣기도 전에 항아리가 꽉 차 버린다. 그렇다면 이 돌을 집어넣어야 되는 시점은 어디인가? 시간관리 전문가는 바로 이 점을 지적하고자 한 것이었다. 재난은 항상 예고 없이 닥쳐오는 법이다. 당장 둑이 터지지 않는다고 해서 무너진 제방을 방치해 두었다간 훗날 엄청난 재앙에 휩싸일 수도 있다.

흔히 이런 경우를 두고 천재天災가 아닌 인재人災라고 하는 까닭은, 사전에 충분히 예방할 수 있었음에도 사람들의 부주의로 인해 안 당해도 될 재난을 만났기 때문이다.

한꺼번에 여러 가지 일이 닥쳤다면 잠시 생각을 가다듬어보라. 지금 하지 않으면 훗날 가장 큰 손실을 입게 될 일은 무엇인가? 그 일이 무엇인지 생각났다면 당장 그것부터 처리하는 게 옳다. 그렇게 되면 적어도 소 잃고 외양간 고치는 일은 생기지 않을 것이다.

# 잘 노는 사람이 일도 잘한다

"루즈벨트는 쉴 수 있는 능력, 걱정을 떨쳐버릴 수 있는 능력, 친구나 동료들과 같이 즐길 수 있는 능력을 갖고 있었다. 또한 그런 능력으로 에너지를 재충전해 다음날 투쟁에 대비할 수 있었다."
– 도리스 굿윈 Doris Goodwin

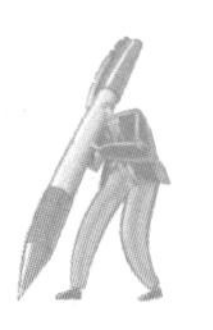

누구나 휴식이 필요하다. 대개 성공의 이미지를 떠올리다 보면 일만 강조하기가 쉽지만 일과 똑같은 수준으로 필요한 것이 휴식이다. 기계가 제 기능을 발휘하려면 윤활유가 필요하듯이 사람도 망가지지 않으려면 적당한 휴식이 필수적이다. 늘 일에 찌들려 사는 사람에게 최상의 성과를 기대하기란 어렵다. 그는 이미 일에 지쳐 있기 때문이다.

일이 잘 안 될 때는 잠시 현장을 떠나 있는 것도 좋은 방법이다. 아무리 생각해도 머리가 꽉 막혀 아이디어가 떠오르지 않을 때는 잠재의식이 그 일을 처리하게끔 내버려두고 당분간은 다른 일에 몰두하는 것이다.

휴식은 일을 열심히 한 사람이 가질 수 있는 특권이다. 해야 할 일에 최선을 다한 후에 갖는 적당한 휴식은 일상의 활력소가 된다. 하지만 일도 하지 않고 쉴 자리만 찾는 것은 휴식이 아니라 빈둥거림이다. 또 일 없이 쉬기만 한다면 쉰다는 것 자체가 휴식은 커녕 고문으로 느껴질 수 있다.

아침마다 나는 헬스클럽에서 러닝머신 위를 4-5km를 달린다. 달리고 나면 윗옷이 땀으로 흠뻑 젖는다. 이렇게 달린 후 찾게 되는 것은 시원한 물이다.

땀을 많이 흘린 후에 마시는 한 잔의 시원한 생수 맛은 꿀보다 달게 느껴진다. 열심히 일한 후의 휴식은 땀을 흠뻑 흘린 후 마시는 한 잔의 생수와도 같다. 하지만 물이 먹고 싶지도 않은데 어쩔 수 없이 몇 잔이고 마셔야 한다면 그게 바로 '물고문' 이다.

마시고 싶지도 않은 물을 계속해서 억지로 마셔야 한다고 상상해 보라. 휴식도 마찬가지다. 필요할 때 적당히 쉬는 것은 몸과 마음을 편안하게 하지만, 늘 일 없이 쉬는 사람에게는 그런 시간이야말로 정말 고역이 아닐 수 없다. 이럴 땐 한계효용 체감의 법칙이 작용하는 것이다.

## 휴식을 취하라

역대 미국 대통령 중 가장 원숙한 리더십을 가진 사람으로 꼽히는 사람은 프랭클린 루즈벨트이다. 그는 가끔 친구들을 백악관으로 불러 포커게임에 푹 빠졌고 어떨 땐 혼자서 카드패를 떼며 한가로운 휴식을 즐겼다. 영화감상과 바다낚시, 우표수집 등 취미도 다양했다. 특히 백악관 2층 서재에서 열리는 칵테일 파티는 유명했다.

거의 매일 밤 대통령의 친구나, 친지들이 초대되는 이 파티에선 정치나 전쟁 등 심각한 주제는 한 마디도 나오지 않았다. 영화나 스포츠 또는 루즈벨트가 대통령에 오르기 전의 유쾌한 회고담을 주고받으며 시종 웃음이 그치지 않았다.

이렇듯 철저한 휴식이 경제 대공항과 제2차 세계대전이라는 극한 상황 속에서도 그를 '성공한 대통령'으로 만들었다. 루즈벨트 대통령의 전기를 써서 퓰리처상을 받은 도리스 굿윈은 이렇게 말한다.

"루즈벨트는 쉴 수 있는 능력, 걱정을 떨쳐 버릴 수 있는 능력, 친구나 동료들과 같이 즐길 수 있는 능력을 갖고 있었다. 또한 그런 능력으로 에너지를 재충전해 다음날 투쟁에 대비할 수 있었다."

또 다른 정치평론가는 "대공황의 어려움 속에서 사람들은 대통령의 힘찬 머리 움직임과 옆으로 비스듬히 문 파이프, 그리고 그 유명한 미소에서 힘을 얻었다"고 회고했다.

영어로 휴가를 'vacation'이라고 한다. 이것은 '비운다' to vacate라는 동사에서 나왔다. 휴가는 그야말로 '머릿속을 텅 비우는 작업'이다. 프랑스어인 '바캉스'도 공백이란 뜻을 가졌다. 휴식의 또 다른 단어인 레크리에이션recreation은 재창조를 뜻한다. 사람들은 휴식을 즐김으로써 일상의 활력을 재창조할 수 있는 여유를 갖게 된다는 것이다.

일의 생산성을 높이기 위해서는 잘 쉬는 일이 무엇보다 중요하다. 적당한 휴식은 우리의 머리를 맑게 하고 마음의 여유를 갖게 한다. 그렇게 함으로써 새롭게 일할 맛이 우러나게 되는 것이다.

그러나 일에 찌들어 있으면 아무리 오랜 시간 동안 작업에 매여 있어도 도무지 능률이 안 오르는 피로와 노동의 악순환이 이어진다. 심지어 자신이 지금 무슨 일을 왜 하는 것인지도 분간을 할 수가 없게 된다.

적당한 휴식은 일의 집중력을 키워주는 역할을 한다. 새롭게 정열을 바쳐 일에 몰입하고 싶다면 일단 한 박자 쉬어가는 것도 좋은 방법이다. 휴식이 없다면 몸과 마음이 쉬 지치게 된다. 건강에 도 악영향을 준다.

대한민국은 '40대 사망률이 가장 높은 나라' 라는 불명예스러운 신문기사를 본 적이 있다. 우리나라 사람들은 신명은 있는데 놀 줄을 모른다고 한다. 주말에 휴식을 취한다며 집에서 낮잠만 자거나 하루 종일 텔레비전 앞에 앉아 있는 건 진정한 의미의 휴식이라 할 수 없다.

휴식이란 오히려 적극적으로 사회봉사 활동에 참여한다든지 여행을 한다든지 각종 취미생활에 몰입하는 것을 의미한다. 휴식이란 단순히 '자기 몸을 움직이지 않는 상태' 를 뜻하는 게 아니다. 직업적인 일과 전혀 무관한 어떤 즐거운 일에 몰입하여 잠시 머리를 비우는 일, 그것은 바로 일상의 활력을 되찾게 해주는 가장 좋은 휴식법이다.

# 정열이 있는 한 늙지 않는다

"나이 80이 넘어서도 완벽한 곡을 만들지 못했다. 다시 한번 더 도전하고 싶다."
– 베르디 Verdi, Giuseppe

불행하게도 많은 사람들이 인생의 절정기에 다다랐을 때 '이제 모든 것이 끝났다'라는 무력감에 빠진다. 55세 된 한 주부는 이렇게 말한다.

"지금까지 살아오면서 아무것도 이루어 놓은 것이 없습니다. 지금에 와서 뭔가를 하자니 너무 늦은 것 같다는 생각이 듭니다. 이제 모든 것이 다 끝난 것 같습니다."

비단 이 주부뿐만이 아니라 상당수의 사람들이 비슷한 생각을 한다. 아무것도 이루어 놓은 것은 없는데 나이만 먹었다고 말이다. 그러나 결코 그렇지 않다. 인생은 먼 길을 여행하는 여행과도 같다. 나이를 먹으면 먹을수록 새로운 지혜도 생겨나고 통찰력도 생겨난다.

1998년 출간된 이후 많은 독자들로부터 꾸준히 사랑받고 있는 책 《모리와 함께한 화요일Tuesdays with Morie》의 주인공 모리 교수는 나이가 들어서도 삶의 한 순간 한 순간을 즐겼다. 그는 루게릭병을 앓는 시한부 환자였다. 그렇지만 죽어가는 그 순간까지도 삶에 대한 긍정적 자세를 잃지 않으려고 노력했다. 심지어 자신의 죽음을 언론에 공개하며 살아 있는 사람들에게 삶의 소중함을 일깨워주고자 했다.

세계에서 가장 영향력 있는 교수이자 저술가 중 한 사람인 피터 드러커는 면제품 회사의 견습생으로 일하던 열여덟 살 때 베르디의 오페라 〈팔스타프〉를 보고 강렬한 인상을 받는다. 그런데 곡을 쓴 베르디가 여든 살이나 되었다는 사실은 그에게 엄청난 충격을 안겨주었다. 특히 젊은 드러커 교수에게 영향을 끼친 것은 "나이 80이 넘어서도 완벽한 곡을 만들지 못했다. 다시 한번 더 도전하고 싶다"는 베르디의 말이었다.

드러커는 이 말을 평생 교훈으로 삼는다. 현재 그는 92세의 나이임에도 불구하고 월스트리트 저널에 기고하고 클레몬트 경영대학원의 석좌교수로 있으면서 저술가로, 컨설턴트로 활발한 활동을 펼치고 있다.

## 늦었다고 생각될 때가 가장 빠를 때

문득 52세에 25년간 몸담아왔던 교사직을 포기하고 신학대학에 입학한 어떤 분이 생각난다. 이분은 워낙 학생들을 열심히 가르쳤고 교사로서의 직분을 한 번도 벗어난 적이 없던 훌륭한 교육자였다.

학교에서도 그 능력을 인정하여 그즈음 유력한 교장 후보로 거론되고 있던 상황이었다. 하지만 그는 젊을 때부터 장차 목사가 되어 사람들의 영혼을 구하는 일에 자신을 바치고 싶다는 꿈을 갖고 있었다. 교직에 있으면서도 시간이 날 때마다 그 일을 했다. 얼마 전 그는 정식으로 학교를 사직하고 목회자의 길로 들어섰다. 남들은 은퇴를 생각할 나이에 자신이 하고 싶은 일에 뛰어든 것이다. 그 정도의 열정이라면 무슨 일인들 못하겠는가.

그랜마 모제스는 미국의 유명한 여류화가였다. 그녀는 1860년에 뉴욕 주의 워싱턴 카운티에서 태어났으며 평범한 농부의 아내로 인생의 대부분을 살았다. 하지만 그녀의 삶은 여기서 끝나지 않았다. 많은 사람들이 지나온 인생을 정리하고 조용히 죽음을 준비할 나이에 그녀는 새로운 도전을 꿈꾸었던 것이다. 76세의 나이에 혼자서 그림공부를 시작한 그녀는 101세의 나이로 세상을 떠날 때까지 아름다운 농촌풍경을 배경으로 훌륭한 작품들을 남겼다. 크리스마스나 추수감사절을 주제로 한 그녀의 그림은 오늘날 전 미국인들로부터 많은 사랑을 받고 있다.

윈스턴 처칠은 65세 때 수상의 자리에 올랐다. 그의 여든일곱 번째 생일날 한 젊은 기자가 이런 말을 했다고 한다.

"처칠 선생님, 100번째 생일날에도 이렇게 건강하시기를 바랍니다."

그러자 처칠은 곧바로 이렇게 대답한다.

"자네도 그렇게 되기를 기원하네, 아주 건강해 보이는군!"

최근 명동 YWCA에서 운동을 하는데 TV에서 뉴스가 흘러나왔다. 한 특파원이 프랑스의 문화계 소식을 전하고 있었다. 그곳 사람들은 어릴 때부터 음악을 접할 수 있는 기회가 풍부하기 때문에 성인이 돼서도 음악을 연주하거나 직접 작곡까지 하는 등, 음악을 즐기는 문화가 생활화되어 있다는 뉴스였다.

그 뉴스를 보고서 나도 한 가지 다짐을 했다. 좀 엉뚱한 발상이긴 하지만 나이가 들면 합창 지휘 공부를 다시 해야겠다는 생각을 하게 된 것이다. 지금까지는 나이 들면 하던 일도 젊은 사람들에게 내주고 나는 뒷전으로 물러나 있어야겠다고 마음먹었는데 뉴스를 듣는 순간 '아니다. 나도 노년엔 직접 음악을 만들고, 즐겨야겠다'는 새로운 욕망이 꿈틀대는 걸 느꼈다. 나이 60이 넘어 원하는 음악을 만들고 그 음악을 다른 사람들과 함께 즐길 수 있다는 사실을 생각만 해도 신이 난다.

늦었다고 생각할 때가 가장 빠른 때라고 했다. 하고 싶은 일을 하는 데 있어 늦고 빠름이 있을 수 없다. 원하는 게 있으면 일단 몸을 움직이면 된다. 하겠다는 의지가 문제지, 나이 따위가 무슨 상관이겠는가.

# 내일을 향해 뛰어라

"실패를 걱정하지 말고 먼저 부지런히 목표를 향하여 노력하라. 노력한 만큼 보상을 받을 것이다."
– 노만 필 Norman V. Phil

시스코시스템즈사는 설립된 지 불과 15년 만에 발행주식의 시가 총액이 전 세계에서 가장 높은 회사로 성장하였다. 세계적으로 수익성이 가장 높은 회사로 평가받는 이 회사의 성공사례는 미국의 하버드 MBA 스쿨을 비롯한 수많은 학술단체에 의해 연구대상으로 지목되기도 했다. 현재까지도 시스코사의 주식은 미국의 주식시장에 가장 큰 영향을 미치고 있다.

인텔과 마이크로소프트가 퍼스널 컴퓨터로 세계 시장을 주무르는 동안 시스코는 인터넷이라는 혁명의 물결에 뛰어들었다. 그들이 '라우터' 라는 장비를 생산, 공급하며 세계 시장의 판도를 바꿔 놓을 줄은 누구도 상상치 못한 일이었다. 현재 건물을 청소하는 아줌마들을 포함한 이 회사의 직원들은 대부분 수십억의 재산을 가진 재산가들이기도 하다.

시스코사의 역사는 1970년대 후반 스탠포드 대학에 재학 중인 두 명의 연인으로부터 시작된다. 스탠포드 경영대학원에 재학하던 샌드라 러너와 컴퓨터 공학과의 레너드 보사크는 이메일로 편지를 주고받으며 서로의 사랑을 키워나갔다. 그들이 사용하는 컴퓨터는 각각 서로 다른 네트워크로 연결되어 있었다.

이때까지만 해도 서로 다른 네트워크를 연결한 커뮤니케이션이 불가능하던 때였다. 두 연인은 어떻게 하면 좀더 쉽고 빠르게 메일을 주고받을 수 있을까 고민하던 중 케이블과 소프트웨어로 구성된 '라우터' 라는 박스를 만들었다. 이렇게 해서 만들어진 라우터는 급속도로 시장에 퍼져나가기 시작했다. 현재 인터넷을 통해 데이터를 전송하는 라우터의 80%는 시스코사의 제품이다.

시스코사의 수장은 존 챔버스 회장이다. 그는 1991년 시스코에 입사하여 1994년 11월에 사장 겸 CEO 자리에 올랐다. 주위사람들은 존 챔버스가 언제나 희망적이고 늘 무엇인가를 추구하며 매우 겸손한 성품의 소유자였다고 기억한다. 어린 시절 교회 성가대

원으로 활동하였던 그는 고등학생 때 만난 일레인 프레이터라는 여성과 결혼하여 아들 딸, 두 명의 자녀를 두었다. 시간이 날 때면 가족과 함께 복식 테니스 경기를 즐긴다는 그는 무엇보다도 가족을 소중히 여기는 사람이다.

웨스트버지니아 대학에서 법학을 전공하고 인디애나 대학에서는 경영학 석사학위를 받은 그가 IBM 판매사원 모집에 응시하게 된 것은 1977년의 일이었다. IBM 면접관의 "자네는 기술을 파는 게 아니라 꿈을 파는 거네"라는 이 한마디에 자신의 미래를 걸었다.

IBM사는 그에게 '실패하는 방법과 다시는 실패를 반복하지 않는 방법'을 깨우쳐주었다. 그는 IBM에서 6년을 근무한 후 1983년 왕 컴퓨터로 옮겼다. 1990년, 존 챔버스는 미국 판매와 서비스를 담당하는 최고 부사장직에 임명된다. 그러나 이듬해인 1991년 경영상의 어려움으로 많은 사원들을 해고하는 아픔을 경험해야 했던 존은 그해 회사를 그만두었다. 1994년 11월, 존 챔버스가 시스코의 사장 겸 CEO 자리에 오른 후 시스코사는 적극적인 기업인수합병과 지속적인 내부 혁신을 추구하며 초고속 성장을 거듭한다. 이런 고속성장으로 2000년 3월 24일에는 회사가 발행한 주식의 시가 총액이 제너럴 일렉트릭, 마이크로소프트사 등 쟁쟁

한 그룹들을 제치고 세계 최대의 기업으로 부상하게 된다.

## 새로운 가치를 창출할 아이디어를 찾아라

존 챔버스는 마치 전쟁터에 나가는 군사들을 독려하는 장군처럼 힘찬 연설로 사원들을 고무시킨다. 그는 매일 생일을 맞은 사원들을 위해 파티를 열어주기도 한다. 시스코의 모든 직원들은 '고객 우선주의'와 '공정경쟁'이라는 회사의 캐치프레이즈가 적힌 플라스틱 카드를 항상 몸에 지니고 다닌다. 챔버스는 또 협력의 미덕을 주장하며 종종 경쟁사들에게 제휴를 제의하기도 한다.

그는 사장 취임 당시 시스코가 네트워킹 분야의 마이크로소프트와 같은 회사가 될 것이라고 장담했으며 그 장담은 그대로 들어맞았다.

시스코의 성공요인으로 다음 세 가지를 들 수 있다.

1_성공적인 인수합병
2_내부기술 활용으로 인한 기술의 고도화
3_가족적인 문화

이 모두가 시스코를 세계 최대기업으로 급성장시킨 존 챔버스 회장의 결단에 의한 작품이었다.

그는 지난해 국내 한 인터넷 관련 회사와 투자협상을 맺기 위해 한국을 방문했다. 정보산업계 인사들을 초청한 강연회에서 존은 "네크워킹, 즉 인터넷은 앞으로 우리의 인생, 일, 학습방식 등, 생활의 모든 패턴을 혁신적으로 변화시킬 것"이라고 역설하며 이렇게 덧붙였다.

"인터넷 시대의 경쟁은 매우 빠른 속도로 진행될 것이며 이 경쟁에서의 승자와 패자는 몇 년 안에 명백하게 결정될 것입니다."

인터넷의 활성화와 더불어 세계는 엄청난 변혁을 경험하게 될 것을 예견한 이 강연에서 챔버스 회장은 고객을 배려하는 몸에 배인 습관을 그대로 내비쳤다. 챔버스 회장이 연설을 하게 될 연단은 고객과 멀리 떨어진 높다란 곳에 설치되어 있었다. 그런데 그는 준비된 연단은 외면한 채 무대 밑으로 내려왔다. 그리고는 연단 대신 체육관 바닥에 의자를 놓고 앉아 있는 청중들 가까이로 다가갔다. 그리고 연설자와 청중의 거리가 불과 일 미터도 안 되는 가까운 지점에서 청중들의 눈을 마주보며 열변을 토하기 시작했다.

연설 도중 슬라이드 자막이 말썽을 부리자 다소 당혹스러워하면서도 청중을 위한 배려의 말을 아끼지 않았다. 다른 사람들

같으면 한국지사 직원들의 준비성 없는 태도를 언짢아 하는 기색을 내비쳤을 텐데 그 부분에 대해선 일체 아무런 내색이 없었다.

그는 청중이라는 고객들 앞에 서 있는 자신의 입장을 분명하게 인식하고 있었다. 그러한 고객지향 정신과 열정이 시스코를 세계 제일의 인터넷 전도회사로 성장하게 만든 비결이 아니었을까. 존은 이 강연에서 제2의 산업혁명으로 불리는 인터넷 혁명시대에는 인터넷이 생산성의 열쇠가 될 것이라 강조하였다.

인터넷 경제는 이미 진입기에 들어섰으며 인터넷 혁명의 기간도 앞으로 10년 이내에 종결될 것으로 내다보았다. 이러한 시대상황에 제대로 적응하지 못하는 기업은 도태될 것이고 이 기회를 적절히 이용하는 기업은 크게 성공할 것이라는 예견이었다.

그는 앞으로 5년 동안의 변화를 이렇게 예측했다.

1_장거리 전화는 물론 데이터 통신까지 무료화 될 것이며
2_인터넷 경제의 도입에 따라 모든 제품의 가격이 크게 인하될 것이고
3_자본과 금융의 글로벌화가 이루어짐과 동시에 자영업을 비롯한 모든 사업이 국제화 될 것이며
4_기업 간 전략적 파트너십이 무엇보다 중요한 이슈로 작용하게 될 것이다.

이날 강연회에 참가함으로써 존 챔버스 회장을 가까이에서 접할 기회를 가졌다는 게 나로선 큰 행운이었다. 당시 내 눈에 비친 그는 세계 최대 기업을 이끌고 있는 최고 경영자라기보단 학창시절의 자상한 은사님처럼 평범하고 푸근함이 느껴지는 인상이었다.

강연을 들으며 기회는 미리 준비하는 자에게 온다는 것을 다시 한번 깨달았다. 출신 배경이 특출난 것도 아니고 평범한 직장생활을 하던 그가 오늘날 세계에서 가장 영향력 있는 경영자로서 자신의 입지를 탄탄하게 굳힌 것은 미래를 내다볼 줄 아는 식견과 일에 대한 지칠 줄 모르는 열정 때문이었다.

이러한 능력은 그가 몸담고 있는 조직사회의 발전은 물론 개인적으로도 엄청난 부를 소유하게 해주었다. 1999년 한 해 동안 쳄버스 회장의 개인 수입이 실리콘 밸리의 경영자들 가운데서 가장 높았다는 사실이 이를 증명해 주고 있다. 1999년 한 해 동안 그의 소득은 1억 2천 75만 달러, 한화로는 1200억 원 가량 되는 엄청난 금액이다.

네트워크의 발달로 전 세계가 하나의 시장으로 연결되어 있다. 누구나 자신의 아이디어를 활용하여 새로운 가치를 창출하려는 열정만 있다면 엄청난 기회를 포착할 수 있다. 존 챔버스의 성공을 벤치마킹 하여 그 이상의 가치를 창출하는 젊은이들이 국내에서도 속속 배출될 수 있기를 기대한다. 미래는 분명 도전하는 자의 것이다.

# '왜' 라고 묻는 버릇을 들여라

"일단 일에 참여하면, 목표로 한 모든 것을 성취할 때까지 손떼지 말라."
– 셰익스피어 Shakespeare, William

어떤 시인의 초등학교 시절 학교에서 꽃 이름, 나무 이름 알아 맞추기 대회가 있었다. 학급 대표로 대회에 출전하게 된 그시인은 수업이 끝나면 선생님과 함께 뒷동산을 거닐며 꽃 이름, 나무 이름을 외웠다. 그리고는 많은 세월이 흘러 성인이 된 지금 시인은 자신의 시적 감수성의 원천은 어린 시절 선생님과 함께 걸었던 뒷동산에서 비롯된 것이었다고 고백한다. 어린 시절 꽃 이름, 나무 이름을 많이 외우기 위해 틈만 나면 뒷동산에 올라가 자연과 접했던 그 시간들이 시인의 상상력을 키워주는 비료 역할을 했다는 것이다.

내가 일하는 사무실에는 여러 개의 화분과 난초들이 있다. 딱딱한 사무실 분위기를 조금이라도 밝고 포근하게 해보려고 일부러 사놓은 것들이다. 좀 창피한 일이지만 나를 포함하여 함께 일하는 동료들 대부분은 사무실에 놓여진 화분의 꽃 이름을 알지 못한다. 그냥 '보기 좋다' 고 생각만 할 뿐 그것이 무슨 꽃인지, 무슨 식물인지에는 관심이 없기 때문이다.

비단 식물의 이름뿐만이 아니라 우리는 주변에서 흔히 볼 수 있는 사물의 변화에 대해서 너무도 무심하게 지나칠 때가 많다. 설사 알고 있다 할지라도 대충 피상적인 지식에 불과한 경우도 흔하다.

미국에서 생활할 때의 일이다. 나는 평소에 클래식 음악을 좋아하고 또 어느 정도의 상식을 가지고 있다고 자부해 왔다. 그런 내가 그곳 친구들과 이야기를 나눌 땐 수시로 말문이 막히는 상황이 벌어지곤 했다. 나와 국적이 다른 친구들은 음악을 좋아하는 경우 상당한 수준의 화젯거리를 가지고 있었다.

그들도 나처럼 취미로 음악을 즐길 따름인데도 좋아하는 분야에 대한 지식의 깊이는 엄청난 차이가 있었다. 시대별 작곡가들의 작품성향이나, 곡명, 곡이 쓰여지게 된 배경, 곡의 주제는 물론 전체의 흐름, 또는 연주자에 따라 달라지는 음악의 느낌 등 아주 깊이 있는 내용까지도 자세히 알고 있다.

그런 친구들 앞에서 작곡자 이름과 곡의 제목 정도만 알고 있던 내가 클래식 음악 팬이라고 큰소리 쳤다가 몇 마디의 대화 끝에 밑천이 드러나는 창피를 당할 때도 있었다.

## 모든 일에 전문가가 되어라

음악뿐 아니라 다른 여러 방면에서도 마찬가지다. 서양 친구들은 사물의 이치와 그 배경을 이해하는 면에서 상당한 깊이를 가지고 있다. 우리가 현상을 있는 그대로 받아들이는 데 반하여 그들은 주어진 사물이나 현상을 분석하며 그 이면까지도 바라볼 줄 아는 안목이 있다. 이는 개인차에 의한 탓도 있겠지만 우리의 교육 시스템 자체에도 문제가 있지 않았나 생각된다.

우리는 어릴 때부터 주어진 과제를 무조건 받아들이고 암기하는 방식에 익숙해져 있다. 그런 우리가 사물이나 현상의 이치를 스스로 깨달아 알게 하는 교육 시스템의 수혜자인 그들과 경쟁할 때 불리한 입장에 서게 되는 건 아마도 당연한 일이 아닐까.

한국 최고의 기업인 삼성그룹의 이건희 회장에게는 무언가 특별한 것이 있다. 그는 대한민국 최고의 엘리트라 할 수 있는 삼성의 전문경영인들이 보지 못하는 것을 보고, 생각하지 못하는 것을 생각한다.

그러한 사고와 시각은 그룹의 최고 경영층으로부터 말단 사원에 이르기까지 모든 구성원들과 조직 속에 항상 위기의식을 불러일으키고 팽팽한 긴장감이 감돌게 한다. 위기의식은 새로운 긴장감을 불러들인다. 그리고 조직을 발전시키는 것은 다름아닌 그 긴장감이다.

이러한 그룹 총수의 노력은 결코 헛되지 않았다. 2000년 세후 순이익이 8조 이상으로 예상되는 삼성에서 생산되는 제품 중 반도체는 세계 1위를 고수하고 있다. 그 밖에도 세계 시장 점유율 상위권에 드는 제품이 12가지나 된다.

이건희 회장은 무엇인가 생각할 일이 있으면 몇 날 며칠이고 거기에 매달린다고 한다. 깊은 통찰과 진지한 고려 끝에 내려지는 그의 의사결정에는 실수가 없다. 그리고 그는 무엇이든 새로운 것을 보면 그냥 넘어가지를 못한다고 한다. 취미도 무척 다양하고 일단 관심이 있는 분야의 일은 전문가 수준까지 파고들어 가야 직성이 풀리는 성격이라는 것이다. 아마도 이런 특별한 기질이 오늘날 삼성을 세계 유수의 기업으로 도약시킨 원동력이 된 것은 아닐까.

백광열 씨는 캐나다 벤쿠버를 중심으로 활동하는 경제학자이다. 아울러 한국과 캐나다의 경제 상황을 면밀히 분석하여 바람직한 경제정책의 방향을 제시하고 향후 예측되는 변화에 대해 캐나다 현지 신문에 단골로 기고하는 칼럼니스트이기도 하다.

일찍이 이민을 떠나 그곳에서 교육을 받았기 때문에 영어도 완벽하게 구사하며 한국말 역시 유창하다. 문장력이나 어휘 구사력 측면에서 보면 한국에서 태어나고 자란 사람들보다 뛰어나다고 하는 편이 더 정확한 설명일지도 모른다.

최근 백 씨는 '코리넥스'라는 무선 인터넷 장비사업을 시작했다. 이 회사는 과거 체코슬로바키아에서 분리된 슬로베니아에 본거지를 두고 있으며 본사는 캐나다 벤쿠버에 있다. 이 회사의 실질적인 최고경영자 역할을 하는 백 씨는 며칠 전 자사가 취급하는 무선랜Wireless Local Area Network 관련 기술과 제품 설명회를 가졌다.

백 씨 자신이 직접 프레젠테이션을 맡았던 이날 행사는 전문경영인의 자세란 어떤 것인지에 대해서 많은 것을 생각하게 하는 시간이었다. 나는 이날 그가 자사의 제품이나 기술에 대해서 직접 제품을 개발한 엔지니어 못지않은 지식을 통달하고 있음을 느낄 수 있었다. 경제학을 전공한 사람이 컴퓨터 통신관련 전문가들이 모여 있는 자리에서 자신만만하게 프레젠테이션에 임하는 모습부터가 인상적이었다. 게다가 까다롭기 짝이 없는 전문가들의 기술적인 질문에도 막힘 없이 척척 답변을 해주었다. 성공은 이런 사람이 하는 것이다.

최근 급속도로 발달한 인터넷의 대중화는 사회기반의 축을 정보와 지식 쪽으로 옮겨놓았다. 사람들은 이제 더 이상 시간과 공간의 제약을 받지 않고 일하게 되었다. 업종, 국경, 사업방식, 남녀의 역할 등 전 부분에 걸쳐 새로운 변화가 요구되고 있는 시점이다. 이러한 시대에는 개인의 전문성과 다양한 능력이 요구된다. 그러기 위해선 폭넓은 교양을 갖춰야 하고 이러한 지식을 바탕으로 사물을 바로 볼 수 있는 능력이 필요하다. 어떤 일을 하든지 그 일의 본질을 꿰뚫어보는 습관을 길러야 한다는 것이다. 아울러 역사와 문화, 외국어 등 다양한 분야에 걸쳐 깊이 있는 공부를 해야 한다.

어떤 분야든 전문가 수준으로 실력을 끌어올릴 수 있어야만 그 분야에서 최고가 될 수 있다. 문제는 지적 호기심이다.

'하늘을 나는 비행기가 고장으로 추락한다면 사람이 살아날 방도는 없는 것일까?'

낙하산을 발명하기 전에 프랑스 사람 A.J. 가르뎅은 이런 의문에 사로잡혔다. 그러한 생각이 있었기에 오늘날 낙하산은 인류의 안전을 지키는 하늘의 구명조끼 구실을 톡톡히 하고 있는 것이다.

# 여행지에서 만난 젊은이들

"성공의 비결은 단 한 가지, 잘할 수 있는 일에 광적으로 집중하는 것이다."
– 톰 모나건 Thomas S. Monaghan

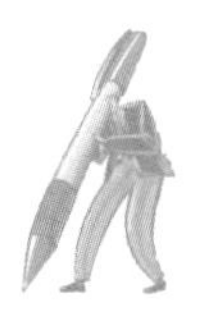

얼마 전 미국으로 출장을 떠났던 때의 일이다. 비행기 안에서 만난 29세의 청년은 미국 정부가 고용한 엔지니어였다. 일 때문에 약 3개월을 한국에 머물다 워싱턴 DC 근교에 있는 집으로 크리스마스 휴가를 보내기 위해 가는 중이었다.

아직 싱글인 그는 한국의 포항과 군산에서 꽤 많은 시간을 보냈다고 했다. 한국에 머물면서 불편했던 점은 무엇이었느냐고 물어보았다. 그는 주저 없이 음식 이야기를 꺼냈다. 특히 식사를 마친 후 후식으로 단것something sweet을 먹고 싶은데 준비된 식당이 없어 아쉬웠다고 했다. 참고로 미국이나 캐나다에선 식사를 마친 후 디저트로 케이크 등 단것을 먹는 습관이 있다.

청년은 그것이 서로 다른 문화 때문이라는 사실을 충분히 납득하면서도 일면 아쉬움을 떨쳐내지 못하는 눈치였다. 그는 한국식당에서도 '포춘쿠키' fortune cookie, 미국이나 캐나다의 중국 음식점에서 식사 후에 내놓는 달콤한 쿠키로 부수면 속에서 그날의 운세를 적은 작은 종이가 나온다 같은 것을 제공한다면 외국인들에게 좋은 인상을 줄 수 있을 것이라는 아이디어를 제시하기도 했다.

또 하나 그가 납득하기 어려운 부분이었다고 지적한 내용은 한국인의 과잉친절이었다. 한국에서 여자친구를 사귀었던 모양인데 그 여자친구가 마치 '하인이 주인에게 하듯' 자신에게 친절을 베풀어 오히려 불편할 때가 많았다는 것이었다. 목이 마르다고 말하면 번개같이 가게로 달려가 물을 사오고, 먹고 싶은 것이 있다면 주저 없이 지갑을 열어 그것을 사준다는 여자친구 이야기를 하며 청년은 고개를 내저었다. 이런 친절은 한국인들이 자존심도 없고 또 독립심이 없는 것으로 착각할 정도였다는 설명이었다.

"아마 그 여자친구가 당신을 많이 사랑하기 때문에 잘해 주고 싶은 마음이 우러나서 그랬을 겁니다."

나는 얼굴도 모르는 그녀를 위해 열심히 한국의 인심에 대해 설명을 해주었지만 청년은 여전히 그것을 과잉친절로 받아들이는 눈치였다. 사실 우리 한국사람들은 외국인들, 특히 백인들에 대해서는 지나친 친절을 베푸는 경향이 있다. 미국에서도 한국인들의 도에 지나친 대접으로 당황스러웠다는 그곳 사람들의 이야기를 종종 들었다.

한국사람들은 경제적으로 전혀 넉넉지 않음에도 손님 대접을 너무 푸짐하게 해서 부담스러울 때가 많았다는 것이다. 경우에 맞는 경제적이고 깔끔한 대접에 익숙해져 있는 그들에겐 집에 먹을 것이 없어도 손님 대접만은 확실히 하고 싶은 우리네 정서가 불합리하게 여겨질 수밖에 없으리라.

## 목표를 향해 끊임없이 노력하라

며칠 전에는 캐나다에 다녀왔다. 이번 여행기간 중에는 여정이 워낙 짧았던 관계로 많은 사람을 만나지는 못하였다. 그렇지만 캐나다로 유학을 가 공부를 하거나, 그곳에서 직장생활을 하고 있는 몇몇 젊은이들과의 대화는 무척이나 인상적이었다.

한국에서 고등학교 1학년에 다니다 토론토로 유학을 가 그곳

명문 사립학교를 졸업하고 현재 토론토 대학에서 컴퓨터공학을 전공하고 있는 이성수 군도 그중 한 명이다. 한국에서 학교를 다닐 때 꽤 공부를 잘했던 이 군은 유학을 간 지 1년 만에 그곳 사립 고등학교에서도 수재로 소문난 우등생이었다. 고교 졸업 후에는 미국 동부에 위치한 8개 명문 사립대학을 지칭하는 아이비리그로의 진학을 고려하기도 했지만 비싼 학비 때문에 포기하고 토론토 대학에 입학했다.

"공부는 할 만해?"

성수 군에게 물음을 던졌더니 바로 나오는 대답이 "쉽지 않아요, 요즈음은 하루 두 시간밖에 못 자요"였다.

다시 그 이유를 물었더니 공부를 하지 않으면 도저히 학교수업을 따라가지 못하기 때문이라는 대답이었다. 교수들이 학점을 제대로 주지 않기 때문에 열심히 하지 않으면 점수를 제대로 받을 수 없고, 나쁜 점수를 받게 되면 나중에 졸업을 못 하기 때문에 공부를 하지 않을 수 없다고 덧붙였다.

"학기초에는 강의실마다 수강생이 넘쳐날 듯하다가도 첫 시험이 끝날 때쯤이면 반으로 줄어들어요. 왜냐하면 수업 진도를 따라가지 못한 학생들이 성적을 받기 전에 미리 과목을 포기하기 때문이죠."

성수 군의 설명이었다. 교육 시스템이 학생들을 저절로 공부하지 않으면 안 되는 분위기로 몰고 가는 것이다.

한국의 경우 초등학교부터 중, 고등학교 때까지는 열심히 공부를 하다가도 대학만 들어가면 여유가 생기지만 캐나다의 교육 시스템은 우리와는 정반대였다. 대학에서 강의를 하는 교수들도 마찬가지다. 미국의 명문대학과 마찬가지로 캐나다의 대학에서 학생들을 가르치는 교수들은 교수 스스로 끊임없이 공부를 한다. 수시로 연구논문을 내거나, 산학협동 프로젝트를 통해 지식을 향상시키며 학자로서의 명예를 지키기 위해 노력한다. 그들은 또한 공부를 평생의 업으로 알고 스스로 학문을 즐긴다.

한국의 경우 10년도 넘은 강의 노트를 그대로 사용하는 교수들이 더러 있는가 하면 본인 스스로 끊임없이 연구논문을 발표하는 경우가 미국이나 캐나다에 비해 턱없이 모자란 것이 사실이다.

이번 여행에서 만난 또 다른 젊은이는 중학교 때 캐나다 토론토로 가족과 함께 이민 와서 대학을 졸업하고 최근 막 사회생활을 시작한 반정우 군이다. 반 군은 현재 IBM에 입사하여 캐나다에서 엔지니어로 일한다. 열심히 일하는 가운데 최대한 시간을 아껴 쓰며 MBA 공부를 하고 있다. 반 군 역시 주말까지 희생해 가며 밤낮없이 일하고 공부하는, 자기 일에 최선을 다하는 자랑스런 젊은이였다.

이외에도 대학을 갓 졸업하고 미국 록펠러 재단의 한 금융회사에 취직, 뉴욕 월스트리트에서 일하며 연봉 10만 불(약 1억)의 초임을 받는 장진우 군, 토론토 대 의대를 다니며 하루 서너 시간만 잠자고 밥 먹을 틈도 없이 열심히 공부하는 김지연 양의 이야기 등은 내 마음의 뿌듯한 추억으로 남아 있다. 이 같은 젊은이가 주위에 많다는 사실이 자랑스럽기만 하다. 그들에게 축하와 격려의 박수를 보낸다.

# 생각이 곧 돈이 되는 세상

"감성지수가 높은 사람일수록 더 나은 창의력을 발휘할 수 있고,
궁극적으로는 성공의 확률이 높다."
- 다니엘 골만 Daniel Goleman

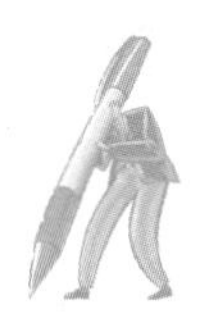

최근 미국의 마이크로소프트사는 자사가 개발한 인터넷 서치엔진 익스플로러를 무상으로 공급하며 야기된 독과점 금지법 위반 논란으로 회사를 둘로 쪼개야 할 운명에 놓여 있다. 이 회사는 특별한 설비투자 없이 기술력과 제품 아이디어로 짧은 기간 동안 세계에서 제일가는 가치를 인정받는 기업으로 성장했다. 회사의 역사나 설비투자 면에서 제너럴일렉트릭GE, 제너럴모터스GM 등과는 비교도 안 되지만 시장을 보는 안목, 제품개발 능력과 기술력이 혼합된 지적 능력으로 두 거대 기업을 능가하는 실력을 갖춘 큰 회사로 성장한 것이다. 이들 두 회

사의 성장과 약진은 10년 이상 호황으로 대변되는 미국 신경제의 기둥 역할을 하고 있다.

여기서 우리가 눈여겨보아야 할 것은 창의력이다. 창의적인 아이디어의 발휘와 실행능력은 짧은 시간에 세계 최고의 기업을 이루어 낼 만큼 중요한 전략적 무기이자 자산이 되었다. 조직뿐 아니라 개인의 경우도 그렇다. 글을 쓰는 능력, 작곡을 하는 능력, 소프트웨어 프로그램을 개발하는 능력 등의 창의적 자산은 앞으로 부를 창출하는 근원이 될 수 있다.

과거 지적 재산권이나, 저작권의 보호에 대한 개념이 없던 상황에서는 앞에서 언급한 창의적인 일을 통해서 부를 창출하는 일이 근본적으로 불가능했다. 그러나 이제는 상황이 달라지고 있다. 아직 완전하다고는 볼 수 없지만 우리나라도 점차 지적 재산권과 저작권을 인정하고 보호하는 추세로 가고 있는 것만은 분명하다.

앞으로는 '다른 사람이 개발한 지적 자산이나 저작권을 도용하는 것은 범죄행위와 다름이 없다' 는 사회적 공감대가 더욱 강하게 형성되리라는 전망이다. 이러한 법의 보호를 토대로 조직이나 개인이 창의적 능력을 상품화하여 엄청난 부와 명예를 거머쥐는 사례가 늘어날 것이다.

## 창의력을 키워라

여기서 분위기를 바꿔 요즘 국내 가요계의 경우를 예로 들어 보자. 지금까지 국내 가요계는 몇몇 가수들이 인기와 부를 독차지해 왔고, 정작 곡을 쓴 작곡가들은 제대로 대접받지 못하는 실정이었다. 그러나 근자에 들어 사정이 좀 달라졌다. 한 곡당 천만 원이 넘는 작곡료를 받는 작곡자가 등장하기 시작한 것이다.

가수 출신의 신세대 작곡자인 이들의 곡을 받기 위해 음반제작자들과 인기 가수들이 줄을 설 정도라고 한다. 대표적인 예로는 김정민의 '슬픈 언약식', 김경호의 '나를 슬프게 하는 것들'을 쓴 이경섭, 엄정화의 '배반의 장미', '포이즌'을 쓴 주영훈, 룰라의 '날개 잃은 천사', 김건모의 '스피드'를 쓴 최준영, '잭키의 '무모한 사랑', 유승준의 '사랑해 누나'를 쓴 윤일상 등이 그들이다.

바야흐로 창의적인 능력이 부의 원천이 되는 세상이다. 창의력이란 본래 우리 안에 있는 능력이다. 그런데 어떤 사람은 그것을 밖으로 끄집어내 엄청난 부자가 되기도 하고, 어떤 사람은 평생 자기 안에 무엇이 들어 있는지도 모르고 살아간다.

왜 그럴까? 이유는 고정관념 때문이다. 항상 똑같은 방법으로, 늘 하던 일만 해서는 창의력을 발휘할 수 없다. 하고 있는 일을 발전시키고 심화시키는 노력은 당연한 것이고, 보다 중요한 건 평소에 하지 않던 전혀 새로운 일에 도전하는 발상의 전환이다. 일과 관련된 것이건, 개인적인 취미에 관련된 것이건 일상을 탈피하는 새로운 도전이 시도되어야 한다.

창의적인 능력을 발휘하기 위한 방법 몇 가지를 소개하면 다음과 같다.

### 1. 고정관념을 버려야 한다.

'이 일은 지금까지 해왔던 것처럼 당연히 이렇게 해야 한다'는 식의 생각은 금물이다. 지금까지의 방법이 아닌 더 나은 방법은 없는지를 생각하는 유연한 사고가 필요하다.

### 2. 생각을 많이 해야 한다.

작건 크건 특정한 목표task를 달성하고자 할 때 생각을 많이 하면 답이 나온다. 내 경우를 예로 들자면 잠들기 전 5분 내지 10분 동안, 그리고 잠을 깬 후 잠자리에서 일어나기 전 5분이나 10분 동안 생각을 한다. 이 몇 분 동안의 생각을 통하여 의사결정에 도움이 되는 아이디어를 얻고, 특정 사안에 대한 입장을 정리한다. 이루고자 하는 것이 무엇이든 집중적으로, 깊게 생각하면 답이 나온다.

### 3. 정보를 많이 입수한다.

다양한 관련 정보의 수집과 활용은 의사결정에 있어서 실수를 최소화하며 선택의 폭을 넓혀 준다. 우리가 관심만 가지면 큰 노력을 하지 않고도 가치 있는 정보들을 얼마든지 얻을 수 있다.

### 4. 오른쪽 두뇌를 자극하는 훈련을 많이 하면 좋다.

좌측 뇌와 우측 뇌가 하는 역할은 서로 다르다고 한다. 좌측 두뇌가 계산하는 능력, 논리적으로 사고하는 능력을 발휘하는 데 쓰여진다면 오른쪽 두뇌는 감정을 움직이는 역할을 한다.

《감성지수Emotional Inteligence》라는 책을 쓴 저자 다니엘 골만Daniel Goleman은 "감성지수가 높은 사람일수록 더 나은 창의력을 발휘할 수 있고, 궁극적으로는 성공의 확률이 높다"고 말하고 있다. 훌륭한 예술작품이나 아름다운 자연을 감상하는 등의 일은 오른쪽 뇌의 활동을 원활하게 하는 방법이다.

### 5. 하루에 30분은 사색하는 시간을 가져야 한다.

독서와 사색은 우리의 지적 능력을 높이고, 지혜를 더해 주는 두 개의 큰 기둥이다. 국내외를 막론하고 옛 성현들은 깊은 사색을 통하여 도를 깨우치며 진리를 발견하였다.

**6. 하루에 세 개 이상 새로운 아이디어를 내는 것을 습관화한다.**

하드웨어만이 아닌 소프트웨어를 개발하는 능력, 주어진 곡으로 악기를 연주하는 능력만이 아닌 떠오르는 악상을 악보에 옮길 수 있는 능력, 자신이 생각하는 것을 글로 옮길 수 있는 창의적 행동 능력이 각광받는 시대에 우리는 살고 있다.

# 쾌락은 시간을 짧게 만든다

"손자들에게 어떤 충고를 해야 할까? 이것은 세상에서 가장 쉬운 질문이다. 음악이든 사업이든 좋아하는 것을 하라. 일하러 가는 것을 즐기지 않는다면, 아무리 두뇌가 뛰어나더라도 일을 즐기는 사람에게 경쟁에서 뒤처질 것이다."
– 앨런 그린버그 Alan Greenberg

2차대전 때 낙하산을 만드는 공장에서 있었던 일이다. 많은 부인들이 공장에 둘러앉아 바느질을 하고 있었다. 일하는 사람들의 입장에서는 매일같이 바느질만 하고 있으려니 지겹기도 하고 또 일을 해도 보수를 거의 받지 못하니 능률이 오르지 않았다. 자신이 왜 그 일을 해야 하는지를 몰랐기 때문이었다.

하루는 낙하산 공장의 책임자가 공장에서 일하는 부녀자들을 전부 한 곳으로 불러모았다. 그리고는 왜 낙하산 만드는 일이 중요한 일인가를 알려 주었다.

"여러분들이 만드는 낙하산은 전장에 나가 있는 여러분의 남편을 살리는 역할을 하게 될 것입니다. 뿐만 아니라 여러분의 남편과 자식들이 전쟁을 속히 끝내고 가정으로 돌아오게 만드는 데 이 낙하산이 중요한 몫을 담당하게 될 것입니다."

이 말을 들은 부인들은 자신들이 하는 일이 자신의 남편 혹은 자식을 살릴 수도 있으며, 또 그 지긋지긋한 전쟁을 빨리 끝내는 방편이기도 하다는 생각에 잠시도 쉴 줄을 모르고 일했다. 비로소 왜 일을 해야 하는지, 왜 그 일이 중요한지를 알게 된 것이다. 낙하산의 생산량이 배가 된 것은 당연한 결과였다.

일의 목적을 분명히 하는 것은 일의 능률과 생산성을 올리기 위해 대단히 중요한 몫을 한다. 일의 목적이나 목표가 분명하면 힘들어도 그럭저럭 버텨나갈 수가 있다. 일의 결과가 자신과 이웃을 위해 어떤 영향을 미치는지를 알기 때문이다. 스스로가 가치 있는 일을 하고 있다는 자부심은 일에 대한 스트레스를 잊게 만든다.

예전 우리의 선배들은 뜻있는 일을 위하여 목숨을 바쳤다. 안중근 의사, 김좌진 장군, 유관순 같은 선배들은 민족의 독립을 위하여 하나밖에 없는 자신의 목숨을 초개같이 버렸다. 그들이 이루고자 하는 뜻이 크고 분명했기 때문이다.

도산 안창호 선생은 미국 유학 당시 화장실 청소를 하는 아르바이트를 했다고 한다. 하루 이틀도 아니고 일년 365일을 변함없이 화장실 청소를 깨끗이 해놓아 일을 맡겼던 사람도 놀랄 정도였다.

선생이 아르바이트를 그만두려고 했을 때 건물 주인은 "당신의 민족 중에 또 한 사람을 추천해 달라"는 주문을 했다고 한다. 도산 선생은 하찮은 화장실 청소부 일을 하면서도 민족을 대표한다는 생각으로 최선을 다했다. 무슨 일을 해도 우리 민족을 욕되게 하지 말자는 게 선생의 분명한 목표였기 때문이다.

우리네 부모님들도 자식 교육이라는 분명한 목표가 있기 때문에 온갖 고생과 어려움을 무릅쓰고 피땀 흘려 일한다. 자녀의 성공을 기대하기에 고생을 오히려 보람으로 삼는 것이다.

### 자신이 좋아하는 일을 하라

금년 한 해 내가 하는 일을 통하여 회사가 발전하고 나 스스로의 능력이 발전하여 몸값을 높일 수 있는 계기가 된다고 생각하면 힘들게 일하는 가운데서도 보람을 느낄 수 있다. 또 내가 하는 일을 통하여 다른 사람에게 긍정적인 영향을 끼칠 수 있다고 생각하면 일하는 시간이 그토록 고역으로 느껴지지는 않을 것이다.

목적을 가지고 일하면 노동에도 신명이 생긴다. 일을 즐길 때

능률이 높아지는 것은 당연하다. 대개 우리가 어떤 일의 대가, 혹은 장인이라고 부르는 사람들은 자신이 하는 일에 기꺼이 즐거운 마음으로 몰입하는 사람들이다.

공부하는 것도 그렇다. 마냥 부모님이 시키는 대로만 공부를 하게 되면 어느 정도까지는 발전이 있을지 모르나 뛰어나게 잘할 수는 없다. 밥 먹는 것보다, 친구들과 어울려 쏘다니는 것보다 공부하는 것이 몇 배나 신이 나고 재미있을 때 공부로 성공할 수 있다.

공부를 재미있어 하는 사람들이 있다. 미국 대학의 교수들이 그렇다. 그들은 연구논문 쓰는 것을 즐긴다. 세계적으로 권위 있는 석학으로 인정받고 있는 그들도 끊임없이 공부를 한다. 공부가 재미있으니 그렇게 열심히 하는 것이다. 하는 일이 지겹고 재미없다면 사는 게 지옥 같을 것이다.

스코틀랜드의 수필가이자 사학가인 토마스 카알라일은 이렇게 쓰고 있다.

"자신의 일을 발견한 사람은 이미 대단한 은혜를 입고 있는 사람이다. 그는 그 이상의 혜택을 바라서는 안 된다. 아무리 사소한 일이라도 열중하는 순간 영혼은 순식간에 조화를 이룰 수가 있다."

그렇다. 우리는 우리가 하는 일을 통하여 즐거움을 발견할 수 있어야 한다. 일이 재미있게 느껴질 때 우리의 인생도 신바람이 날 것이다.

금년 한 해를 사는 동안 일을 즐기는 습성을 가져보도록 하자. 기왕에 해야 할 일이면 능동적으로 그 일에 빨려들어 그 일만큼은 최고로 잘하는 사람이 되자.

"당신의 일에 당신의 몸을 실어 버리십시오. 기왕 해야 할 일 즐거운 마음으로 하십시오. 그렇게 해서 회사생활에, 회사의 일에 리듬을 맞추면 이보다 더 재미있는 삶은 없다는 생각이 들 겁니다."

함께 일하는 동료 홍진선 과장은 늘 이런 말로 후배들을 독려하고 격려한다. 컴퓨터 유닉스 시스템 엔지니어로서 고객을 지원하다 보면 밤을 새울 일도 많고 주말에 작업을 해야 할 일도 많은 것이 현실이다. 이럴 때 불평이나 하고 자기 직업을 한탄하다 보면 세상이 지옥 같을 것이다. 그러나 회사의 일에 내 몸을 맡겨 헌신적으로 하다 보면 그보다 더 재미있을 수 없다는 것이 홍 과장의 지론이다.

러시아의 대문호 레오 톨스토이는 "인간은 자기 일에 몰두할 때 행복을 느낄 수 있는 것이다"라고 말했다. 기왕에 해야 할 일 즐거운 마음으로 몰두한다면 그 대가는 당신이 노력한 것 이상으로 돌아올 것이다.

일이 처음부터 재미가 있다면 더없이 좋겠지만 그렇지 못하다고 해서 실망만 할 것은 아니다. 일을 재미있게 만들 수 있는 방법을 찾으면 되는 것이다. 먼저 자신이 하는 일에 주의를 기울여 보자. 고정관념을 버리고 새로운 시각으로 당신과 당신의 일을 탐구하라.

"이 일은 나에게 맞지 않아!"라고 단정적으로 말해 버리지 말고 이제 막 사회에 진출한 신입사원의 마음을 가져보도록 하는 것이다.

처음 업무를 시작할 때 무슨 일을 맡기든 최선을 다하겠다고 다짐하던 때를 생각해 보라. 이런 시각으로 일을 바라본다면 당신에게 일이 맞지 않는 것이 아니라 일하는 방식이 잘못되어 있음을 발견할 수도 있다.

초심으로 돌아가 그때의 기대와 보람, 열정을 되찾아보도록 하자. 그러면 다시 일이 재미있어질 것이다. 쾌락은 시간을 짧게 만든다. 2002년 한 해를 사는 동안 '일을 가장 즐기는 사람' 이 바로 당신이길 기대해 본다.

# 행동하는 사람만이 살아남는다

"행동 없는 식견은 백일몽이요, 식견 없는 행동은 악몽이다."
– 일본 속담

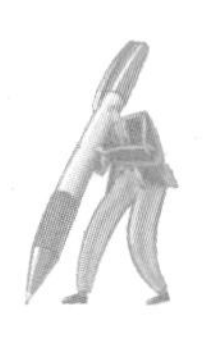

고인 물은 언젠간 썩게 마련이다. 호숫가의 물도 마냥 고여만 있으면 아름답게 보일지는 모르나 힘을 만들어 내지는 못한다. 그러나 이 물이 댐으로 가면 떨어질 때의 압력을 이용해 전기를 만들어 낸다. 그렇게 만들어진 전기는 어둠을 밝히고, 시원한 바람을 만들고, 각종 데이터나 영상을 전달하는 힘의 근원이 된다.

지식이나 정보도 마찬가지다. 유용한 정보가 아무리 많이 주어진들 그 정보를 활용하여 새로운 가치를 창출하지 못하면 무용지물이다. 마치 호수에 고인 물과 같이 말이다. 댐에서 물이 떨어질 때 전기라는 에너지를 만들어 내듯이 지식과 정보도 부가가치를 창출해 낼 수 있을 때 제값을 하게 된다.

행동하지 않는 지식, 활용되지 않는 정보는 죽은 것이나 다름없다. 얼마 전까지만 해도 지식과 정보의 습득은 인간의 능력을 가늠하는 잣대가 되었다. 사람들은 이를 통하여 권력과 부를 창출할 수 있었다. 그러나 이제 지식과 정보를 보관하는 일은 컴퓨터가 대신 해준다. 또한 보관된 지식과 정보를 공유하는 일도 컴퓨터 네트워크가 가능케 한다.

## 지금 바로 행동에 옮겨라

오늘날 성공의 가장 큰 관건이 되는 것은 보관된 지식과 정보를 얼마나 효율적으로 선택하여 활용하는가, 이를 통하여 어떤 가치를 창출하는가에 달려 있다. 이는 곧 부의 흐름을 좌우하는 핵심 요인이 되기도 한다.

최근 들어 가장 많이 회자되는 화두로 '벤처기업' 혹은 '벤처기업가'를 들 수 있다. 벤처기업가의 특질을 여러 가지로 이야기할 수 있겠지만 나는 그들을 '다른 사람보다 먼저 생각하고 먼저 행동에 옮기는 사람' 이라고 표현하고 싶다. 벤처기업가들은 컴퓨터와 인터넷을 활용하여 새로운 가치를 창출하고 그것을 대중화시키는 데 성공하면 그 성과가 부를 만들어 낸다.

이들의 특징은 아이디어를 즉시 실행에 옮긴다는 것이다. 비록 그 아이디어를 실행에 옮겼다 실패를 경험한다 할지라도 의사결정을 지체하여 기회를 잃는 일은 죽기보다 싫어한다. 비교해 보면 IT information technology 산업이나 제조업 등 다양한 업종에 종사하는 기업인, 회사원들도 벤처기업가와 동일한, 아니면 그들보다 나은 아이디어를 갖고 있는 경우가 많다. 그러나 후자의 자신들이 보유한 아이디어가 실제 행동으로 옮겨져 새로운 상품이나 서비스로 개발되지 못하면 아무리 좋은 조건에서도 성장을 기대하기 어려운 현실이다. 생각만 있을 뿐 행동으로 옮겨지지 않는 아이디어는 없는 것이나 마찬가지다.

아이디어가 행동으로 옮겨지지 못하는 가장 큰 이유는 실패에 대한 두려움과 느린 의사결정으로 타이밍을 놓치는 경우가 태반이다.

NATO라는 병이 있다. NATO는 Not Action Talking Only의 줄인 말이다. 행동은 옮기지 않고 입으로만 떠드는 병이 NATO 병이다. NATO병은 우리 앞에 주어진 엄청난 기회를 그냥 지나치게 만드는 악질적인 병이다.

무엇인가 하고자 하는 의지가 있으면 바로 행동에 옮겨야 그 아이디어가 살아난다. 모든 에너지는 행동에서 나온다. 행동하는 자만이 말할 자격이 있다. 자기는 복지부동하면서 남을 비방하거나, 말은 100점짜리인데 행동은 10점짜리라면 큰소리칠 자격도 없다.

영어공부를 하려고 생각했으면 당장 시작하는 게 영어를 잘할 수 있는 비결이다. 중도에 포기하지 말고 꾸준히 노력하라. 건강이 염려되어 운동을 해야겠다고 생각되면 오늘 당장 가까운 헬스클럽을 찾아 등록하는 게 건강을 잃지 않는 비결이다. 아침에 한 시간만 일찍 일어나 조깅을 시작하는 것도 좋다.

훌륭한 엔지니어가 되어야겠다고 결심했으면 지금이라도 당장 책을 읽고 경험을 쌓으면서 지식과 기술의 폭을 넓히는 게 그 비결이다. 돈을 모으려고 생각했다면 지금 당장 수입의 50%를 저축하라. 생각만 있고 행동이 없으면 힘을 만들 수 없고, 행동이 없이는 꿈을 이룰 수 없다.

존 덴버는 미국의 대표적인 컨트리 가수 중 한 사람이었다. 그는 자연의 아름다움을 노래하는 수많은 곡을 작곡했으며 직접 노래를 불러 전 세계 많은 팬들의 사랑을 받았다. 그는 음악으로써

만 자연을 노래한 것이 아니라 자연보호운동에도 앞장섰던 활동가였다.

한 인터뷰에서 존은 이렇게 말한다.

"나는 한 사람의 가수로만 기억되기를 원치 않는다. 나는 나의 신념을 실천한 사람으로, 나의 신념을 행동에 옮긴 사람으로 기억되기를 원한다."

당신은 생각은 있으나 행동에 옮기지 못한 일이 몇 가지나 되는가? 만약 그런 게 하나라도 있다면 지금 당장 자리를 박차고 일어나라.

명품 인생으로 사는 습관

**개정판 1쇄 인쇄일 / 2007년 11월 25일**
**개정판 1쇄 발행일 / 2007년 11월 30일**

**지은이** 이택희
**펴낸이** 최순철
**펴낸곳** 오늘의책
**총무부** 한상희
**표지 및 본문디자인** C&C

**주소** 서울시 마포구 합정동 412-26호 2층
**전화** 322-4595~6
**팩스** 322-4597
**전자우편** tobook@unitel.co.kr
**홈페이지** www.todaybook.co.kr
**출판등록** 1996년 5월 25일(제10-1293호)

ISBN 978-89-7718-287-5 03810

값은 뒤표지에 표시되어 있습니다.
잘못된 책은 바꾸어 드립니다.